W9-BGP-853

COLLECTION FOLIO

André Gide

Paludes

Gallimard

Pour mon ami
EUGÈNE ROUART
j'écrivis cette satire de quoi.

Dic cur hic.
(L'autre école.)

Avant d'expliquer aux autres mon livre, j'attends que d'autres me l'expliquent. Vouloir l'expliquer d'abord c'est en restreindre aussitôt le sens; car si nous savons ce que nous voulions dire, nous ne savons pas si nous ne disions que cela. – On dit toujours plus que CELA. – Et ce qui surtout m'y intéresse, c'est ce que j'y ai mis sans le savoir, – cette part d'inconscient, que je voudrais appeler la part de Dieu. – Un livre est toujours une collaboration, et tant plus le livre vaut-il, que plus la part du scribe y est petite, que plus l'accueil de Dieu sera grand. – Attendons de partout la révélation des choses; du public, la révélation de nos œuvres.

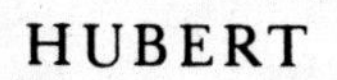

HUBERT

Mardi.

Vers cinq heures le temps fraîchit; je fermai mes fenêtres et je me remis à écrire.

A six heures entra mon grand ami Hubert; il revenait du manège.

Il dit : « Tiens! tu travailles? »

Je répondis : « J'écris *Paludes*.

– Qu'est-ce que c'est? – Un livre.

– Pour moi? – Non.

– Trop savant?... - Ennuyeux.

– Pourquoi l'écrire alors? – Sinon qui l'écrirait?

– Encore des confessions? – Presque pas.

– Quoi donc? – Assieds-toi. »

Et quand il fut assis :

« J'ai lu dans Virgile deux vers :

Et tibi magna satis quamvis lapis omnia nudus
Limosoque palus obducat pascua junco.

« Je traduis : – c'est un berger qui parle à un autre; il lui dit que son champ est plein de pierres et de marécages sans doute, mais assez bon pour lui; et qu'il est très heureux de s'en satisfaire. – Quand on ne peut pas changer de champ, nulle pensée ne saurait être plus sage, diras-tu?... » Hubert ne dit rien. Je repris : « *Paludes* c'est spécialement l'histoire de qui ne peut pas voyager; – dans Virgile il s'appelle Tityre; – *Paludes,* c'est l'histoire d'un homme qui, possédant le champ de Tityre, ne s'efforce pas d'en sortir, mais au contraire s'en contente; voilà... Je raconte : – Le premier jour, il constate qu'il s'en contente, et songe à qu'y faire? Le second jour, un voilier passant, il tue au matin quatre macreuses ou sarcelles et vers le soir en mange deux qu'il a fait cuire sur un maigre feu de broussailles. Le troisième jour, il se distrait à se construire une hutte de grands roseaux.

Le quatrième jour, il mange les deux dernières macreuses. Le cinquième jour, il défait sa hutte et s'ingénie pour une maison plus savante. Le sixième jour...

– Assez! dit Hubert, – j'ai compris; – cher ami, tu peux écrire. » Il partit.

La nuit était close. Je rangeai mes papiers. Je ne dînai point; je sortis; vers huit heures j'entrai chez Angèle.

Angèle était à table encore, achevant de manger quelques fruits; je m'assis auprès d'elle et commençai de lui peler une orange. On apporta des confitures et, lorsque nous fûmes de nouveau seuls : « Qu'avez-vous fait aujourd'hui? » dit Angèle, en me préparant une tartine.

Je ne me souvenais d'aucun acte et je répondis : « Rien », inconsidérément, puis aussitôt, craignant des digressions psychologiques, je songeai à la visite et m'écriai : « Mon grand ami Hubert est venu me voir à six heures.

– Il sort d'ici », reprit Angèle; puis resoulevant à son propos d'anciennes querelles : « Lui du moins fait quelque chose, dit-elle; il s'occupe. »

J'avais dit que je n'avais rien fait; je

m'irritai : « Quoi? Qu'est-ce qu'il fait? » demandai-je.. Elle partit

« Des masses de choses... D'abord lui monte à cheval... et puis vous savez bien : il est membre de quatre compagnies industrielles; il dirige avec son beau-frère une autre compagnie d'assurances contre la grêle : — je viens de souscrire. Il suit des cours de biologie populaire et fait des lectures publiques tous les mardis soir. Il sait assez de médecine pour se rendre utile dans des accidents. — Hubert fait beaucoup de bien : cinq familles indigentes lui doivent de subsister encore; il place des ouvriers qui manquent d'ouvrage chez des patrons qui manquaient d'ouvriers. Il envoie des enfants chétifs à la campagne, où il y a des établissements. Il a fondé un atelier de rempaillage pour occuper de jeunes aveugles. — Enfin, les dimanches, il chasse. — Et vous! vous, qu'est-ce que vous faites?

— Moi! répondis-je un peu gêné, — j'écris *Paludes*.

— *Paludes?* qu'est-ce que c'est? » dit-elle.

Nous avions fini de manger, j'attendis d'être dans le salon pour reprendre.

Quand nous fûmes tous deux assis au coin du feu :

« *Paludes,* commençai-je, – c'est l'histoire d'un célibataire dans une tour entourée de marais.

– Ah! fit-elle.

– Il s'appelle Tityre.

– Un vilain nom.

– Du tout, repartis-je, – c'est dans Virgile. Et puis je ne sais pas inventer.

– Pourquoi célibataire?

– Oh!... pour plus de simplicité

– C'est tout?

– Non; je raconte ce qu'il fait.

– Et qu'est-ce qu'il fait?

– Il regarde les marécages.

– Pourquoi écrivez-vous? reprit-elle après un silence.

– Moi? – je ne sais pas, – probablement que c'est pour agir.

– Vous me lirez ça, dit Angèle.

– Quand vous voudrez. J'en ai précisément quatre ou cinq feuillets dans ma poche; et les en sortant aussitôt, je lui lus, avec toute l'atonie désirable :

JOURNAL DE TITYRE
OU PALUDES

De ma fenêtre j'aperçois, quand je relève un peu la tête, un jardin que je n'ai pas encore bien regardé; à droite, un bois qui perd ses feuilles; au delà du jardin, la plaine; à gauche un étang dont je reparlerai.

Le jardin, naguère, était planté de passe-roses et d'ancolies, mais mon incurie a laissé les plantes croître à l'aventure; à cause de l'étang voisin, les joncs et les mousses ont tout envahi; les sentiers ont disparu sous l'herbe; il ne reste plus, où je puisse marcher, que la grande allée qui mène de ma chambre à la plaine, et que j'ai prise un jour lorsque je fus me promener. Au soir, les bêtes du bois la traversent pour aller boire l'eau de l'étang; à cause du crépuscule, je ne distingue que des formes grises, et comme ensuite la nuit est close, je ne les vois jamais remonter.

– Moi, ça m'aurait fait peur, dit Angèle; – mais continuez, – c'est très bien écrit. »

J'étais très contracté par l'effort de cette lecture :

« Oh! c'est à peu près tout, lui dis-je; le reste n'est pas achevé.

– Des notes, s'écria-t-elle – ô lisez-les! c'est le plus amusant; on y voit ce que l'auteur veut dire bien mieux qu'il ne l'écrira dans la suite. »

Alors je continuai – déçu d'avance et, tant pis, tâchant de donner à ces phrases une apparence inachevée :

Des fenêtres de sa tour, Tityre peut pêcher à la ligne... – « Encore une fois ce ne sont là que des notes...

– Allez donc!

– *Attentes mornes du poisson; insuffisance des amorces, multiplication des lignes (symbole) – par nécessité il ne peut rien prendre.*

– Pourquoi ça?

– Pour la vérité du symbole.

– Mais enfin s'il prenait quelque chose?

– Alors ce serait un autre symbole et une autre vérité.

– Il n'y a plus de vérité du tout puisque vous arrangez les faits comme il vous plaît.

— J'arrange les faits de façon à les rendre plus conformes à la vérité que dans la réalité; c'est trop compliqué pour vous expliquer cela maintenant, mais il faut être persuadé que les événements sont appropriés aux caractères; c'est ce qui fait les bons romans; rien de ce qui nous arrive n'est fait pour autrui. Hubert aurait déjà fait là une pêche miraculeuse! Tityre ne prend rien : c'est d'une vérité psychologique.

— Enfin — c'est bien : continuez.

— *Prolongement sous l'eau des mousses de la rive. Indécision des reflets; algues; des poissons passent. Éviter, en parlant d'eux, de les appeler des " stupeurs opaques ".*

— Je l'espère bien! mais pourquoi cette note?

— Parce que mon ami Hermogène appelle déjà comme ça les carpes

— Je ne trouve pas ça heureux comme expression.

— Tant pis. Je continue?

— Je vous en prie; elles sont très amusantes vos notes.

— Tityre, à l'aube, aperçoit des cônes blancs s'élever dans la plaine; salines. Il descend pour voir travailler. — Paysage inexistant; talus très étroits entre deux marais salants. Trop grande blancheur des trémies (symbole); on ne peut voir ça que quand il fait du brouillard; des lunettes de verre fumé préservent des ophtalmies les travailleurs.

Tityre met une poignée de sel dans sa poche, puis rentre dans sa tour — C'est tout.

— C'est tout?

— Tout ce que j'ai écrit.

— J'ai peur que ce ne soit un peu ennuyeux, votre histoire » — dit Angèle.

Il y eut un vaste silence — après quoi je m'écriai tout ému : « Angèle, Angèle, quand donc comprendrez-vous, je vous prie, ce qui fait le sujet d'un livre? — L'émotion que me donna ma vie, c'est celle-là que je veux dire : ennui, vanité, monotonie, — moi, cela m'est égal parce que j'écris *Paludes* — mais celle de Tityre n'est rien; nos vues, je vous assure, Angèle, sont encore bien plus ternes et médiocres.

— Mais moi je ne trouve pas, dit Angèle.

— C'est parce que vous n'y songez

pas. Voilà justement le sujet de mon livre; Tityre n'est pas mécontent de sa vie; il trouve du plaisir à contempler les marécages; un changement de temps les varie; – mais regardez-vous donc! regardez votre histoire! est-elle assez peu variée! Depuis combien de temps habitez-vous cette chambre? – Petits loyers! petits loyers! – et vous n'êtes pas la seule! des fenêtres sur la rue, sur les cours; devant soi l'on regarde des murs ou d'autres gens qui vous regardent... Mais est-ce que je vais à présent vous faire honte de vos robes – et croyez-vous vraiment que nous ayons su nous aimer?

– Neuf heures, dit-elle; ce soir Hubert fait sa lecture, et permettez-moi d'y aller.

– Que lit-il? demandai-je malgré moi.

– Soyez sûr que ce n'est pas *Paludes!* » – Elle partit.

Rentré chez moi je tentai de mettre en vers le début de *Paludes* – j'en écrivis le premier quatrain :

> De ma fenêtre j'aperçois
> Quand je relève un peu la tête

La lisière d'un petit bois
Qui ne s'est jamais mis en fête.

Et puis je me couchai, ayant achevé ma journée.

ANGÈLE

Mercredi.

Tenir un agenda; écrire pour chaque jour ce que je devrai faire dans la semaine, c'est diriger sagement ses heures. On décide ses actions soi-même; on est sûr, les ayant résolues d'avance et sans gêne, de ne point dépendre chaque matin de l'atmosphère. Dans mon agenda je puise le sentiment du devoir; j'écris huit jours à l'avance, pour avoir le temps d'oublier et pour me créer des surprises, indispensables dans ma manière de vivre; chaque soir ainsi je m'endors devant un lendemain inconnu et pourtant déjà décidé par moi-même

Dans mon agenda il y a deux parties : sur une feuille j'écris ce que je ferai, et sur la feuille d'en face, chaque soir, j'écris ce que j'ai fait. Ensuite je compare; je soustrais, et ce que je n'ai pas fait, le déficit, devient ce que j'aurais dû faire. Je le récris pour le mois de décembre et cela me donne des idées morales. – J'ai commencé depuis trois jours. – Ainsi ce matin, en face de l'indication : tâcher de se lever à six heures, j'écrivis : levé à sept – puis entre parenthèses : imprévu négatif. – Suivaient sur l'agenda diverses notes :

Écrire à Gustave et à Léon.

S'étonner de ne pas recevoir de lettre de Jules.

Aller voir Gontran.

Penser à l'individualité de Richard.

S'inquiéter à propos des relations de Hubert et d'Angèle.

Tâcher d'avoir le temps d'aller au Jardin des Plantes; y étudier les variétés du petit Potamogéton pour *Paludes*.

Passer la soirée chez Angèle.

Suivait cette pensée (j'en écris à l'avance une pour chaque jour; elles décident de ma tristesse ou de ma joie) :

« Il y a des choses que l'on recommence chaque jour, simplement parce qu'on n'a rien de mieux à faire; il n'y a là ni progrès, ni même entretien – mais on ne peut pourtant pas ne rien faire... C'est dans le temps le mouvement dans l'espace des fauves prisonniers ou celui des marées sur les plages. » – Je me souviens que cette idée m'est venue, passant devant un restaurant à terrasse, à voir les garçons servir et desservir les plats. – J'écrivis dessous : « Bon pour *Paludes.* » Et je m'apprêtai à penser à l'individualité de Richard. Dans un petit secrétaire je serre mes réflexions et incidences sur mes quelques meilleurs amis; un tiroir pour chacun; je pris la liasse et je relus :

RICHARD

Feuille I.

Excellent homme; mérite toute mon estime.

Feuille II.

Par une application perpétuelle, est parvenu à sortir de la grande misère où la mort de ses parents le laissait. La mère de ses parents vit encore; il l'entoure de ces soins pieux et tendres qu'on a souvent pour la vieillesse; depuis bien des années pourtant elle est retombée en enfance. Il a épousé une femme plus pauvre que lui, par vertu, et lui fait un bonheur de sa fidélité. – Quatre enfants. Je suis parrain d'une petite fille qui boite.

Feuille III.

Richard avait pour mon père une vénération très grande; c'est le plus sûr de mes amis. Il prétend parfaitement me connaître, bien qu'il ne lise jamais rien de ce que j'écris; c'est ce qui me permet d'écrire *Paludes;* je songe à lui quand je songe à Tityre; je voudrais ne l'avoir jamais connu. – Angèle et lui ne se connaissent pas; ils ne sauraient pas se comprendre.

Feuille IV.

J'ai le malheur d'être très estimé de Richard; cela est cause que je n'ose rien faire. On ne se débarrasse pas aisément d'une estime tant qu'on ne cesse pas d'y tenir. Souvent Richard m'affirme avec émotion que je suis incapable d'une action mauvaise, et cela me retient quand parfois je voudrais me décider à agir. Richard prise fort en moi cette passivité qui me maintient dans les sentiers de la vertu, où d'autres, pareils à lui, m'ont poussé. Il appelle souvent vertu l'acceptation, parce que cela la permet aux pauvres.

Feuille V.

Travail de bureau tout le jour; le soir, auprès de sa femme, Richard lit le journal afin de pouvoir causer. « Avez-vous vu, me demandait-il, la nouvelle pièce de Pailleron au Français? » Il se tient au courant de tous les arrivages. « Vous allez voir les nouveaux gorilles? » demande-t-il quand il sait que je vais au Jardin des Plantes. Richard me traite en grand enfant; moi, cela m'est insupportable; ce que je fais n'est pas sérieux pour lui; je lui raconterai *Paludes*.

Feuille VI.

Sa femme s'appelle Ursule.

Je pris une feuille VII et j'écrivis :

« Toutes les carrières sans profit pour soi sont horribles, – celles qui ne rapportent que de l'argent – et si peu qu'il faut recommencer sans cesse. Quelles stagnations! Au moment de la mort qu'auront-ils fait? Ils auront rempli leur place. – Je crois bien! ils l'ont prise aussi petite qu'eux. » Moi cela m'est égal, parce que j'écris *Paludes,* mais sinon je penserais de moi comme d'eux. Il faut vraiment tâcher de varier un peu notre existence.

Mon domestique à ce moment apporta ma collation et des lettres, – une de Jules précisément, et je cessai de m'étonner de son silence; – je me pesai, par hygiène, ainsi que chaque autre matin; j'écrivis à Léon et à Gustave quelques phrases, puis tout en prenant mon bol de lait quotidien (à la façon de quelques lakistes) je pensai : – Hubert n'a rien compris à *Paludes;* il ne peut se persuader qu'un auteur n'écrive pas pour distraire, dès qu'il n'écrit plus pour renseigner. Tityre l'ennuie; il ne comprend pas un état qui n'est pas un état social; il s'en croit loin parce qu'il s'agite; – je me serai mal expliqué. Tout va pour le mieux, pense-t-il, puisque Tityre est content; mais c'est parce que Tityre est content que moi je veux cesser de l'être. Il faut qu'on s'indigne au contraire. Je vais rendre Tityre méprisable à force de résignation... – J'allais recommencer de penser à l'individualité de Richard quand j'entendis sonner et lui-même, faisant passer sa carte, entra. J'étais légèrement ennuyé, ne pouvant pas bien penser aux gens en leur présence.

« Ah! cher ami! criai-je en l'embrassant, précisément quelle coïncidence! J'allais penser à vous ce matin.

– Je viens, dit-il, vous demander un service – oh! presque rien; mais comme vous, vous n'avez rien à faire, j'ai pensé que vous pourriez me céder quelques instants; – une simple signature à donner; une présentation; il me faut un parrain; vous répondrez de moi; – je vous expliquerai tout en route; hâtons-nous : je dois être aux bureaux à dix heures »

J'ai horreur de paraître désœuvré; je répondis :

« Heureusement il n'est pas neuf heures, nous avons le temps; mais sitôt après, j'ai moi-même affaire au Jardin des Plantes.

– Ah! Ah! commença-t-il, vous allez voir les nouveaux...

– Non, cher Richard, interrompis-je avec une apparente aisance – je ne vais pas voir les gorilles; il faut que j'aille étudier là-bas quelques variétés de petits potamogétons pour *Paludes.* »

Puis aussitôt j'en voulus à Richard de ma stupide réponse. Lui se tut, craignant notre ignorance. Je pensai : il devrait éclater de rire. Il n'ose pas. Sa pitié m'est insupportable. Évidemment il me trouve absurde. Il me cache ses sentiments pour m'empêcher d'en manifester à son égard de semblables. Mais nous savons que nous les avons. Nos réciproques estimes se maintiennent en respect, l'une contre l'autre accotée; il n'ose pas m'enlever la sienne, craignant qu'aussitôt la mienne ne retombe. Il a pour moi des affabilités protectrices... Ah! tant pis; je raconte *Paludes* – et je commençai doucement : « Comment va votre femme? »

Richard aussitôt racontant tout seul continua :

« Ursule? Ah! la pauvre amie! Ce sont ses yeux à présent qui sont fatigués – par sa faute; – vous raconterai-je, cher ami, ce que je n'aurais dit à personne? – Mais je connais votre discrète amitié. – Voici l'histoire tout entière. Édouard, mon beau-frère, avait un grand besoin d'argent; il fallait en trouver. Ursule savait tout, car Jeanne sa belle-sœur était venue la trouver le même jour. Donc mes tiroirs restaient à peu près vides, et pour payer la cuisinière il fallait priver Albert de ses leçons de violon. J'en étais désolé, car ce sont les seules distractions de sa longue convalescence. Je ne sais comment, la cuisinière eut vent de la chose; cette pauvre fille nous est très attachée; – vous la connaissez bien, c'est Louise. Elle vint nous trouver en pleurant, disant qu'elle se priverait de manger plutôt que de peiner Albert. Il n'y avait qu'à accepter, pour ne pas froisser cette brave fille; mais je pris la résolution de me relever deux heures chaque nuit, lorsque ma femme me croit endormi, et de ramasser, à l'aide de quelques traductions d'articles anglais que je sais où placer, l'argent dont nous privions la bonne Louise.

« La première nuit tout alla bien; Ursule

dormait profondément. La seconde nuit, à peine étais-je installé, qui vois-je arriver?... Ursule! – Elle avait eu la même idée : pour payer Louise, elle préparait de petits écrans, qu'elle sait où placer; – vous savez qu'elle possède un certain talent pour l'aquarelle... des choses charmantes, mon ami... Nous étions tous deux très émus, nous nous sommes embrassés en pleurant. J'ai vainement tâché de la persuader de se coucher, – elle qui est si vite fatiguée pourtant – elle n'a jamais voulu; – elle m'a supplié, comme une preuve de l'amitié la plus grande, de la laisser travailler près de moi; – j'ai dû consentir, – mais elle se fatigue. Nous faisons ainsi tous les soirs. Cela nous fait des veillées un peu longues – seulement nous avons trouvé inutile de nous coucher d'abord, puisque nous ne nous cachions plus l'un de l'autre.

– Mais c'est excessivement touchant, ce que vous me racontez là », m'écriai-je, – et je pensai : non, jamais je ne pourrai lui parler de *Paludes;* au contraire – et je murmurai : « Cher Richard! croyez que je comprends très bien vos tristesses –

vous êtes vraiment bien malheureux.

– Non, mon ami, me dit-il, je ne suis pas malheureux. Peu de choses me sont accordées, mais j'ai fait mon bonheur de peu de choses; croyez-vous que je vous aie raconté pour vous apitoyer, mon histoire? – Autour de soi l'amour et l'estime, le travail près d'Ursule le soir... je ne changerais pas ces joies... »

Il y eut un assez long silence, je demandai : « Et les enfants?

– Pauvres enfants! dit-il, voilà pourtant bien qui m'attriste : ce qu'il leur faudrait, c'est le grand air, les jeux au soleil; on s'étiole dans ces pièces trop étroites. Moi, cela m'est égal; je suis vieux; j'ai pris mon parti de ces choses – mais mes enfants ne sont pas joyeux et j'en souffre.

– Il est vrai, repartis-je, que chez vous cela sent un peu le renfermé; – mais quand on ouvre trop la fenêtre les odeurs de la rue montent toutes... Enfin, il y a le Luxembourg... C'est même le sujet de.. » Mais aussitôt je pensai : Non, décidément je ne peux pas lui parler de *Paludes,* – et j'eus l'air, en fin d'aparté, de tomber dans une méditation profonde.

Au bout d'un peu de temps, j'allais éperdument demander des nouvelles de la grand-mère, quand Richard me fit signe que nous étions arrivés.

« Hubert est déjà là, dit-il. – Au fait je ne vous ai rien expliqué... il me fallait deux garants, – tant pis, – vous comprendrez – on lira les papiers.

– Je crois que vous vous connaissez – ajouta Richard, comme je serrais la main de mon grand ami. Celui-ci commençait déjà : « Eh bien! et *Paludes?* » – je lui serrai la main plus fort et à voix basse « Chut! fis-je; pas maintenant! tantôt tu me suivras; nous causerons. »

Et sitôt les papiers signés, ayant pris congé de Richard, Hubert et moi nous nous acheminâmes. – Un cours d'accouchement pratique l'appelait précisément du côté du Jardin des Plantes.

« Eh bien, commençai-je – voilà : Tu te souviens des macreuses; – Tityre en tuait quatre, disais-je. Du tout! – il ne peut pas : la chasse est défendue. Aussitôt de venir un prêtre : l'Église, dit-il à Tityre, eût avec bien de la tristesse vu Tityre manger des sarcelles; c'est un gibier peccamineux; on ne sait trop se mettre en garde; le péché nous attend partout; dans le doute autant l'abstinence; – préférons la macération; – l'Église en connaît d'excellentes et dont l'efficace est certaine. – Oserai-je conseiller un frère : – mangez, mangez des vers de vase.

« Sitôt le prêtre parti, c'est un médecin qui s'amène : Vous alliez manger des sarcelles! mais ne saviez-vous pas que c'est très dangereux! Dans ces marais la fièvre maligne est à craindre; il faut adapter votre sang; *similia similibus,* Tityre! mangez des vers de vase *(lumbriculi limosi)* – l'essence des marais s'y concentre et c'est de plus un aliment fort nourrissant.

– Pouah! fit Hubert.

– N'est-ce pas? repartis-je; et tout cela c'est affreusement faux; tu penses bien qu'il n'y a là qu'une question de garde-chasse! Mais le plus étonnant, – c'est que Tityre y goûte; au bout de peu de jours il s'y fait; il va les trouver excellents. – Dis! est-il répugnant, Tityre!?

– C'est un bienheureux, dit Hubert.

– Alors, parlons d'autres choses », m'écriai-je – impatienté. Et me sou-

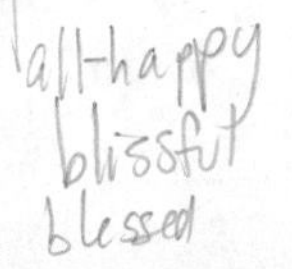

venant tout à coup que je devais m'inquiéter des rapports d'Hubert et d'Angèle, je tâchai de l'inciter à parler :

« Quelle monotonie! recommençai-je – après un silence. Pas un événement! – Il faudrait tâcher de remuer un peu notre existence. Mais on n'invente pas ses passions! – D'ailleurs je ne connais qu'Angèle; – elle et moi nous ne nous sommes jamais aimés d'une façon bien décisive : – Ce que je lui dirai ce soir, j'aurais aussi bien pu le lui dire la veille; il n'y a pas d'acheminement... »

J'attendais entre chaque phrase. Il se taisait. Alors je continuai machinalement :

« Moi, cela m'est égal, parce que j'écris *Paludes,* – mais ce qui m'est insupportable c'est qu'elle ne comprenne pas cet état... C'est même ce qui m'a donné l'idée d'écrire *Paludes.* »

Hubert à la fin s'excita : « Pourquoi veux-tu donc la troubler, si elle est heureuse comme cela?

– Mais elle n'est pas heureuse, mon cher ami; elle croit l'être parce qu'elle ne se rend pas compte de son état; tu penses bien que si à la médiocrité se joint la cécité, c'est encore plus triste.

– Et quand tu ouvrirais ses yeux; quand tu aurais tant fait que de la rendre malheureuse?

– Ce serait déjà bien plus intéressant; au moins elle ne serait plus satisfaite – elle chercherait. » – Mais, je ne pus rien savoir de plus, car Hubert à ce moment haussa les épaules et se tut.

Il reprit au bout d'un instant : « Je ne savais pas que tu connusses Richard. »

C'était presque une question; – j'aurais pu lui dire que Richard c'était Tityre, mais, comme je ne connaissais à Hubert aucun droit à mépriser Richard, je lui dis simplement : « C'est un garçon très estimable. » Et je me promis, par compensation, d'en parler le soir à Angèle.

« Allons, adieu, dit Hubert comprenant que nous ne parlerions pas; je suis pressé – tu ne marches pas assez vite. – A propos, ce soir à six heures je ne pourrai pas venir te voir.

– Allons, tant mieux, répondis-je; ça nous changera. »

Il partit. J'entrai seul au jardin; je me

dirigeai lentement vers les plantes. J'aime ces lieux; j'y viens souvent; tous les jardiniers me connaissent; ils m'ouvrent les enclos réservés et me croient un homme de science parce que, près des bassins, je m'assieds. Grâce à des surveillances continuelles ces bassins ne sont pas soignés; de l'eau coulant sans bruit les alimente. Il y pousse les plantes qu'on y laisse pousser; il y nage beaucoup d'insectes. Je m'occupe à les regarder; c'est même un peu cela qui m'a donné l'idée d'écrire *Paludes;* le sentiment d'une inutile contemplation, l'émotion que j'ai devant les délicates choses grises. – Ce jour-là j'écrivis pour Tityre :

– Entre tous, les grands paysages plats m'attirent, – les landes monotones, – et j'aurais fait de longs voyages pour trouver des pays d'étangs, mais j'en trouve ici qui m'entourent. – Ne croyez pas à cela que je sois triste; je ne suis même pas mélancolique; je suis Tityre et solitaire et j'aime un paysage ainsi qu'un livre qui ne me distrait pas de ma pensée. Car elle est triste, ma pensée; elle est sérieuse, et, même près des autres, morose; je l'aime plus que tout,

et c'est parce que je l'y promène que je cherche surtout les plaines, les étangs sans sourires, les landes. Je l'y promène doucement.

Pourquoi ma pensée est-elle triste? — Si j'en avais souffert je me le serais plus souvent demandé. Si vous ne me l'aviez pas fait remarquer, je ne l'aurais peut-être pas su, car souvent elle s'amuse à beaucoup de choses qui ne vous intéressent pas du tout. Ainsi elle se plaît à relire ces lignes; elle prend sa joie à de toutes petites besognes qu'il est inutile que je vous dise parce que vous ne les reconnaîtriez pas...

Un air presque tiède soufflait; au-dessus de l'eau, de frêles gramens se penchaient que firent ployer des insectes. Une poussée germinative disjoignait les marges de pierres; un peu d'eau s'enfuyait, humectait les racines. Des mousses, jusqu'au fond descendues, faisaient une profondeur avec l'ombre : des algues glauques retenaient des bulles d'air pour la respiration des larves. Un hydrophile vint à passer. Je ne pus retenir une pensée poétique et, sortant un nouveau feuillet de ma poche, j'écrivis :

Tityre sourit.

Après quoi j'eus faim et, réservant l'étude des potamogétons pour un autre jour, jc cherchai sur le quai le restaurant dont m'avait parlé Pierre. Je pensais être seul. J'y rencontrai Léon, qui me parla d'Edgar. Après midi je visitai quelques littérateurs. Vers cinq heures commença de tomber une petite averse; je rentrai; j'écrivis les définitions de vingt vocables de l'école et trouvai pour le mot *blastoderme* jusqu'à huit épithètes nouvelles.

J'étais un peu las vers le soir et, après mon dîner, je m'en fus coucher chez Angèle. Je dis chez et non avec elle, n'ayant jamais fait avec elle que de petits simulacres anodins.

Elle était seule. Comme j'entrai elle jouait avec exactitude une sonatine de Mozart sur un piano fraîchement accordé. Il était déjà tard, et l'on n'entendait pas d'autre bruit. Elle avait allumé toutes les bougies des candélabres et mis une robe à petits carreaux.

« Angèle, dis-je en entrant, nous devrions

tâcher de varier un peu notre existence! Allez-vous me demander encore ce que je viens de faire aujourd'hui? »

Elle ne comprit sans doute pas bien l'amertume de ma phrase, car aussitôt elle me demanda :

« Eh bien, qu'avez-vous fait aujourd'hui? »

Alors et malgré moi, je répondis :

« J'ai vu mon grand ami Hubert.

– Il sort d'ici, reprit Angèle.

– Mais ne pourrez-vous donc, chère Angèle, jamais nous recevoir ensemble? m'écriai-je.

– Il n'y tient peut-être pas tant que ça, dit-elle. – Enfin, si vous, vous y tenez beaucoup, venez dîner chez moi vendredi soir, il y sera : vous nous lirez des vers... A propos, – demain soir; vous ai-je invité? je reçois quelques littérateurs; vous en serez. – On se réunit à neuf heures.

– J'en ai vu plusieurs aujourd'hui, répondis-je, parlant des littérateurs. – J'aime ces existences tranquilles. Ils travaillent toujours et pourtant on ne les dérange jamais; il semble, lorsqu'on va les voir, que ce n'était que pour vous qu'ils travaillent et qu'ils préfèrent vous parler. Leurs amabilités sont charmantes; ils les composent à loisir. J'aime ces gens dont la vie est occupée sans cesse mais peut-être occupée avec nous. Et comme ils ne font rien qui vaille on n'a pas de remords de leur prendre leur temps. Mais à propos · J'ai vu Tityre.

– Le célibataire?

– Oui – mais dans la réalité il est marié, – père de quatre enfants. Il s'appelle Richard... ne me dites pas qu'il sort d'ici, vous ne le connaissez pas. »

Angèle, un peu froissée, me dit alors : « Vous voyez bien qu'elle n'était pas vraie, votre histoire!

– Pourquoi, pas vraie? – parce qu'ils sont six au lieu d'un! – J'ai fait Tityre seul, pour concentrer cette monotonie; c'est un procédé artistique; vous ne voudriez pourtant pas que je les fasse pêcher tous les six à la ligne?

– Je suis tellement sûre que dans la réalité ils ont des occupations différentes!

– Si je les décrivais, elles paraîtraient trop différentes; les événements racontés ne conservent pas entre eux les valeurs qu'ils avaient dans la vie. Pour rester vrai on est obligé d'arranger. L'important c'est que j'indique l'émotion qu'ils me donnent.

– Mais si cette émotion est fausse?

– L'émotion, chère amie, n'est jamais fausse; n'avez-vous donc point lu parfois que l'erreur vient à partir du jugement? Mais pourquoi raconter six fois? mais puisque l'impression qu'ils donnent est la même – précisément, six fois... Voulez-vous savoir ce qu'ils font – dans la réalité?

– Parlez, dit Angèle; vous avez l'air exaspéré.

– Du tout, criai-je... Le père fait des écritures; la mère tient la maison; un grand garçon donne des leçons chez les autres; un autre en reçoit; la première fille boite; la dernière, trop petite, ne fait rien. – Il y a aussi la cuisinière... La femme s'appelle Ursule... Et remarquez que tous, ils font la même chose exactement tous les jours!!!

– Peut-être qu'ils sont pauvres, dit Angèle.

– Nécessairement! Mais comprenez-vous *Paludes?* – Richard, sitôt sorti des bancs, a perdu son père, – un veuf. Il a dû travailler; il n'avait que peu de fortune, qu'un frère plus âgé lui a prise; mais travailler à des besognes ridicules, songez donc! celles qui ne rapportent que de l'argent! dans les bureaux, de la copie à tant la page! au lieu de voyager! Il n'a rien vu; sa conversation est devenue insipide; il lit les journaux afin de pouvoir causer – quand il a le temps – toutes ses heures sont prises. – Il n'est pas dit qu'il pourra jamais rien faire d'autre avant de mourir. – Il a épousé une femme plus pauvre que lui, par dignité, sans amour. Elle s'appelle Ursule. – Ah! je vous l'avais dit. – Ils ont fait du mariage un lent apprentissage de l'amour; ils sont arrivés à s'aimer beaucoup, et à me le dire. Ils aiment beaucoup leurs enfants, les enfants les aiment beaucoup... il y a aussi la cuisinière. – Le dimanche soir tout le monde joue au loto... j'allais oublier la grand-mère; – elle joue aussi, mais comme elle ne voit plus les jetons, on dit tout bas qu'elle compte pour du beurre. Ah! Angèle! Richard! tout dans sa vie a été inventé pour boucher des trous, pour combler des lacunes trop creuses, – tout! sa famille aussi. – Il est né veuf; – ce sont chaque

jour les mêmes pis-aller lamentables, les substituts de toutes les choses meilleures. – Et maintenant n'en pensez pas de mal, – il est extrêmement vertueux. D'ailleurs il se trouve heureux.

– Mais quoi! vous sanglotez? dit Angèle.

– Ne faites pas attention – c'est nerveux. – Angèle, chère amie, – ne trouvez-vous pas à la fin que notre vie manque de réelle aventure?

– Qu'y faire? – reprit-elle doucement – voulez-vous que tous deux nous partions pour un petit voyage? – Tenez – samedi – n'avez-vous rien à faire?

– Mais vous n'y songez pas, Angèle, – après-demain!

– Pourquoi pas? Nous partirions de bon matin ensemble; vous auriez dîné chez moi la veille – avec Hubert; vous resteriez à coucher près de moi... Et maintenant, adieu, dit Angèle; je m'en vais dormir; il est tard et vous m'avez un peu fatiguée. – La bonne a préparé votre chambre.

– Non, je ne resterai pas, chère amie, – pardonnez-moi; je suis très excité. Avant de me coucher j'ai besoin de beaucoup écrire. A demain. Je rentre chez moi. »

Je voulais consulter mon agenda. Je partis en courant presque, d'autant plus qu'il pleuvait et que je n'avais pas de parapluie. Sitôt rentré j'écrivis, pour un jour d'une prochaine semaine, cette pensée, pas seulement à propos de Richard.

« Vertu des humbles – acceptation; et cela leur va si bien, à certains, qu'on croit comprendre que leur vie est faite à la mesure de leur âme. Surtout ne pas les plaindre : leur état leur convient; déplorable! Ils ne s'aperçoivent plus de la médiocrité, sitôt que ce n'est plus une médiocrité de fortune. – Ce que je disais à Angèle en sursaut est pourtant vrai : les événements arrivent à chacun selon les affinités appropriatives. Chacun trouve ce qui lui convient. Donc si l'on se contente du médiocre que l'on a, l'on prouve qu'il est à votre taille et rien d'autre n'arrivera. Destinées faites sur mesure. Nécessité de faire craquer ses vêtements comme le platane ou l'eucalyptus, en s'agrandissant, ses écorces. »

« J'en écris beaucoup trop, me dis-je; il suffisait de quatre mots – Mais je n'aime pas les formules. A présent, examinons la proposition prodigieuse d'Angèle. »

J'ouvris l'agenda au premier samedi, et sur la feuille de ce jour je pus lire :

« Tâcher de se lever à six heures. – Varier ses émotions.

– Écrire à Lucien et à Charles.

– Trouver l'équivalent du *nigra sed formosa* pour Angèle.

– Espérer que je pourrai finir Darwin.

– Rendre visites – à Laure (expliquer *Paludes*), à Noémi, à Bernard; – bouleverser Hubert (important).

– Vers le soir tâcher de passer sur le pont Solférino.

– Chercher des épithètes pour *fongosités.* » – C'était tout. Je repris la plume; je biffai tout cela et j'écrivis simplement à sa place :

« Faire avec Angèle un petit voyage d'agrément. » Puis j'allai me coucher.

LE BANQUET

Jeudi.

Ce matin, après une nuit très agitée, je me levai un peu souffrant; au lieu de mon bol de lait, pour varier, je pris un peu de tisane. Sur l'agenda la feuille était blanche; – cela voulait dire : *Paludes.* Je garde ainsi pour le travail les jours où je n'ai rien avisé d'autre. J'écrivis toute la matinée. J'écrivis :

JOURNAL DE TITYRE

J'ai traversé de grandes landes, de vastes plaines, d'interminables étendues; même en les collines très basses, la terre à peine soulevée y semblait encore endormie. J'aime errer au bord des tourbières; des sentiers y sont faits où la terre tassée, moins spongieuse, est plus solide. Partout ailleurs le terrain cède et sous les pieds l'amas des mousses s'enfonce; pleines d'eau les mousses sont molles; des drainages secrets, par places, les assèchent; il pousse alors dessus de la bruyère et une espèce de pin trapu; il y rampe des lycopodes; et l'eau par places est cantonnée en flaques brunes et croupies. J'habite les bas-fonds et ne songe pas trop à me hisser sur les collines, d'où je sais bien qu'on ne verrait rien d'autre. Je ne regarde pas au loin, bien que le ciel trouble ait son charme.

Parfois, à la surface des eaux croupies, s'étale une irisation merveilleuse, et les papillons les plus beaux n'ont rien de pareil sur leurs ailes; la pellicule qui s'y diapre est formée de matières décomposées. Sur les étangs, la nuit éveille des phosphorescences, et les feux des marais qui s'élèvent semblent celles-là mêmes sublimées. Marais! qui donc raconterait vos charmes? Tityre!

Nous ne montrerons pas ces pages à Angèle, pensai-je : Tityre y paraîtrait heureux.

Je pris encore ces quelques notes :

Tityre achète un aquarium; il le place au milieu de sa chambre la plus verte et se réjouit à l'idée que tout le paysage du dehors s'y retrouve. Il n'y met que de la vase et de l'eau; en la vase est un peuple inconnu qui se débrouille et qui l'amuse; dans cette eau toujours trouble, où l'on ne voit que ce qui vient près de la vitre, il aime qu'une alternance de soleil et d'ombre y paraisse plus jaune et plus grise — lumières qui, venues par les fentes du volet clos, la traversent; — Eaux toujours plus vivantes qu'il ne croyait...

A ce moment Richard entra; il m'invi tait à déjeuner pour samedi. Je fus heureux de pouvoir lui répondre que précisément ce jour-là j'avais affaire en province. — Il parut très surpris et partit sans rien ajouter.

Je sortis, bientôt après, moi-même, après mon succinct déjeuner. J'allai voir Étienne qui corrigeait les épreuves de sa pièce. Il me dit que j'avais bien raison d'écrire *Paludes,* parce que, selon lui, je n'étais pas né pour les drames. Je le quittai. Dans la rue je croisai Roland qui m'accompagna chez Abel. Là je trouvai Claudius et Urbain les poètes; ils étaient en train d'affirmer qu'on ne pouvait plus faire de drames; chacun n'approuva pas les raisons que l'autre en donnait, mais ils s'accordèrent pour supprimer le théâtre. Ils me dirent aussi que je faisais bien de ne plus écrire de vers, parce que je les réussissais mal. Théodore entra, puis Walter que je ne peux pas sentir; je sortis, Roland sortit avec moi. Sitôt dans la rue, je commençai :

« Quelle existence intolérable! La supportez-vous cher ami?

– Assez bien, me dit-il – mais intolérable pourquoi?

– Il suffit qu'elle puisse être différente et qu'elle ne le soit pas. Tous nos actes sont si connus qu'un suppléant pourrait les faire et, répétant nos mots d'hier, former nos phrases de demain. C'est le jeudi qu'Abel reçoit; il eût eu le même étonnement à ne pas voir venir Urbain, Claudius, Walter et vous, que nous tous à ne pas le trouver chez lui! Oh! ce n'est pas que je me plaigne; mais je n'y pouvais plus tenir : – Je pars – je pars en voyage.

– Vous, dit Roland. Bah! où, et quand?

– Après-demain – où? je ne sais pas... mais, cher ami, vous comprenez que si je savais où je vais, et pour qu'y faire, je ne sortirais pas de ma peine. Je pars simplement pour partir; la surprise même est mon but – l'imprévu – comprenez-vous? – l'imprévu! Je ne vous propose pas de m'accompagner, parce que j'emmène Angèle – mais que ne partez-vous donc vous-même, de votre côté, n'importe où, laissant stagner les incurables.

– Permettez, dit Roland, je ne suis pas comme vous; j'aime bien, quand je pars, à savoir où je vais.

– Donc l'on choisit alors! que vous dirais-je? – l'Afrique! connaissez-vous Biskra? Songez au soleil sur les sables! et les palmiers. Roland! Roland! les dromadaires! – Songez que ce même soleil que nous entrevoyons si misérable, entre les toits, derrière la poussière et la ville, luit déjà, luit déjà là-bas, et que tout est partout disponible! Attendrez-vous toujours? Ah! Roland. Le manque d'air ici, autant que l'ennui, fait bâiller; partez-vous?

– Cher ami, dit Roland, il se peut que

m'attendent là-bas de très agréables surprises; – mais trop d'occupations me retiennent – j'aime mieux ne pas désirer. Je ne peux pas aller à Biskra.

– Mais c'est pour les lâcher, précisément, repris-je, ces occupations qui vous tiennent. – Accepterez-vous donc d'y être astreint toujours? Moi, cela m'est égal, comprenez : je pars pour un autre voyage; – mais songez que peut-être on ne vit qu'une fois, et combien est petit le cercle de votre manège!

– Ah! cher ami, dit-il, n'insistez plus – j'ai des raisons très sérieuses, et votre argumentation me lasse. Je ne peux pas aller à Biskra.

– Alors laissons cela – lui dis-je; aussi bien voilà ma demeure, – allons! adieu pour quelque temps – et de mon départ, s'il vous plaît, veuillez informer tous les autres. »

Je rentrai.

A six heures vint mon grand ami Hubert; il sortait d'un comité de choses mutuelles. Il dit :

« On m'a parlé de *Paludes!*

– Qui donc? demandai-je excité.

— Des amis... Tu sais : ça n'a pas beaucoup plu; on m'a même dit que tu ferais mieux d'écrire autre chose.

— Alors tais-toi.

— Tu sais, reprit-il, moi je ne m'y connais pas; j'écoute; du moment que ça t'amuse d'écrire *Paludes*...

— Mais ça ne m'amuse pas du tout, criai-je; j'écris *Paludes* parce que... Et puis parlons d'autre chose... Je pars en voyage.

— Bah! fit Hubert.

— Oui, dis-je, on a besoin parfois de sortir un peu de la ville. Je pars après-demain; et pour je ne sais où... J'emmène Angèle.

— Comment, à ton âge!

— Mais, cher ami, c'est elle qui m'a invité. Je ne te propose pas de venir avec nous, parce que je sais que tu es très occupé...

— Et puis vous préférez être seuls... Suffit. Vous restez longtemps loin?

— Pas trop; le temps et l'argent nous limitent; mais l'important c'est de quitter Paris; on ne sort des cités que par des moyens énergiques, des express; le difficile, c'est de franchir les banlieues. » Je me levai pour marcher et pour m'exciter : « Que de stations avant la vraie campagne! A chacune, du monde descend; c'est comme s'ils tombaient au début de la course; les wagons se vident. – Voyageurs! où sont les voyageurs? – Ceux qui restent encore, ils vont à des affaires; et les chauffeurs et les mécaniciens, eux, qui vont jusqu'au bout, ils restent aux locomotives. D'ailleurs, au bout, il y a une autre ville. – Campagnes! où sont les campagnes?

– Cher ami, dit Hubert marchant aussi, tu exagères : les campagnes commencent où finissent les villes, simplement. »

Je repris :

« Mais, cher ami, précisément, elles n'en finissent pas, les villes; puis, après elles, c'est la banlieue... Tu me parais oublier la banlieue – tout ce qu'on trouve entre deux villes. Maisons diminuées, espacées, quelque chose de plus laid encore... de la ville en traînasses; des potagers! Et des talus bordent la route. La route! c'est là qu'il faut qu'on aille, et tous, et pas ailleurs...

– Tu devrais mettre cela dans *Paludes* », dit Hubert.

Du coup je m'irritai tout à fait :

« N'aurais-tu jamais rien compris, pauvre ami, aux raisons d'être d'un poème? à sa nature? à sa venue? Un livre... mais un livre, Hubert, est clos, plein, lisse comme un œuf. On n'y saurait faire entrer rien, pas une épingle, que par force, et sa forme en serait brisée.

– Alors ton œuf est plein? reprit Hubert.

– Mais, cher ami, criai-je, les œufs ne se remplissent pas : les œufs naissent pleins... D'ailleurs ça y est déjà dans *Paludes*... et puis je trouve stupide de dire que je ferais mieux d'écrire autre chose... stupide! entends-tu?... autre chose! d'abord je ne demanderais pas mieux; mais comprends donc qu'ici c'est bordé de talus comme ailleurs; nos routes sont forcées, nos travaux de même. Je me tiens ici parce qu'il ne s'y tenait personne; je choisis un sujet par exhaustion, et *Paludes* parce que je suis bien sûr qu'il ne se trouvera personne d'assez déshérité pour venir travailler sur ma terre; c'est ce que j'ai tâché d'exprimer par ces mots : *Je suis Tityre et solitaire.* – Je t'ai lu ça, mais tu ne l'as pas remarqué... Et puis combien de fois t'ai-je déjà prié de ne jamais me parler de littérature! A propos – continuai-je par manière de diversion – iras-tu ce soir chez Angèle? elle reçoit.

– Des littérateurs... Non, me répondit-il, je n'aime pas, tu le sais, ces réunions nombreuses où l'on ne fait que causer; et je croyais que toi, de même y étouffais.

– Il est vrai, repartis-je, mais je ne veux pas désobliger Angèle; elle m'a convié. D'ailleurs, j'y veux retrouver Amilcar pour lui faire observer qu'on étouffe. Le salon d'Angèle est beaucoup trop petit pour ces soirées; je tâcherai de le lui dire; j'emploierai même le mot *exigu;*... puis j'ai besoin d'y parler à Martin.

– A ton aise, dit Hubert, je te quitte; adieu. »

Il partit.

Je rangeai mes papiers; je dînai; tout en mangeant je pensais au voyage, je me répétais : « Plus qu'un jour! » – Vers la fin du repas je fus si ému par cette proposition d'Angèle que je crus devoir lui écrire ces quelques mots : *« La perception commence au changement de sensation; d'où la nécessité du voyage. »*

Puis, la lettre enveloppée, je m'acheminai docilement chez elle.

Angèle habite au quatrième.

Les jours où elle reçoit, Angèle place devant sa porte une banquette, et une autre au second palier, devant la porte de Laure; on y fait souffle; on se prépare à manquer d'air; stations; donc essoufflé je m'assis sur la première; et, sortant de ma poche un feuillet, je tentai de formuler des arguments à l'usage de Martin. J'écrivis :

« On ne sort pas; c'est un tort. D'ailleurs on ne peut pas sortir; mais c'est parce qu'on ne sort pas. » – Non! pas cela! Recommençons. Je déchirai. – Ce qu'il faut indiquer c'est que chacun, quoique enfermé, se croit dehors. Misère de ma vie! Un exemple. – A ce moment quelqu'un monta; c'était Martin. Il dit : « Tiens! tu travailles! »

Je répondis :

« Mon cher, bonsoir. Je suis en train de t'écrire; ne me dérange pas. Tu m'attendras là-haut sur la banquette. »

Il monta.

J'écrivis :

« On ne sort pas; – c'est un tort. D'ailleurs on ne peut pas sortir; – mais c'est parce que l'on ne sort pas. – On ne sort pas parce que l'on se croit déjà dehors. Si l'on se savait enfermé, on aurait du moins l'envie de sortir.

« Non! pas cela! pas cela! Recommençons. Je déchirai. – Ce qu'il faut indiquer, c'est que chacun se croit dehors parce qu'il ne regarde pas. – D'ailleurs il ne regarde pas parce qu'il est aveugle. Misère de ma vie! Je n'y comprends plus rien... Mais aussi l'on est horriblement mal ici pour produire. » Je pris un autre feuillet. A ce moment quelqu'un monta; c'était le philosophe Alexandre. Il dit :

« Tiens! Vous travaillez? »

Je répondis, absorbé :

« Bonsoir; j'écris à Martin; il est là-haut sur la banquette. – Asseyez-vous; j'ai bientôt fini... Ah! il n'y a plus de place?...

– Ça ne fait rien, dit Alexandre, car j'ai ma canne à reposoir. » Et dépliant son instrument, il attendit.

« A présent, j'ai fini », repris-je. Et me

penchant sur la rampe : « Martin! criai-je, es-tu là-haut?

– Oui! cria-t-il. J'attends. Apporte ta banquette. »

Or, comme chez Angèle je suis presque chez moi, je trimbalai mon siège; et là-haut, tous trois installés, Martin et moi nous échangeâmes nos feuilles, tandis qu'Alexandre attendait.

Sur ma feuille on lisait :

Être aveugle pour se croire heureux. Croire qu'on y voit clair pour ne pas chercher à y voir puisque :

L'on ne peut se voir que malheureux.

Sur sa feuille on lisait :

Être heureux de sa cécité. Croire qu'on y voit clair pour ne pas chercher à y voir puisque :

L'on ne peut être que malheureux de se voir.

« Mais, m'écriai-je, c'est précisément ce qui te réjouit que je déplore; – et il faut bien que j'aie raison puisque je déplore que tu t'en réjouisses, tandis que toi tu ne peux pas te réjouir de ce que je le déplore. – Recommençons. »

Alexandre attendait.

« C'est bientôt fini, lui dis-je – on vous expliquera. »

Nous reprîmes nos feuilles.

J'écrivis :

« *Tu me rappelles ceux qui traduisent* Numero Deus impare gaudet *par : " Le numéro Deux se réjouit d'être impair " et qui trouvent qu'il a bien raison. – Or s'il était vrai que l'imparité porte en elle quelque promesse de bonheur – je dis de liberté, on devrait dire au nombre Deux : " Mais, pauvre ami, vous ne l'êtes pas, impair; pour vous satisfaire de l'être tâchez au moins de le devenir. "* »

Il écrivit :

« *Tu me rappelles ceux qui traduisent :* Et dona ferentes *par : " Je crains les Grecs. " – Et qui ne s'aperçoivent plus des présents. – Or, s'il était vrai que chaque présent cache un Grec qui tout aussitôt nous captive; – je dirais au Grec : " Gentil Grec, donne et prends; nous serons quittes. Je suis ton homme, il est vrai, mais sinon tu ne m'auras rien donné. " Où je dis Grec, entends Nécessité. Elle ne prend qu'autant qu'elle donne.* »

Nous échangeâmes. Un peu de temps passa.

Au-dessous de mon feuillet, il écrivit :

« Plus j'y réfléchis, plus je trouve ton exemple stupide, car enfin...

Au-dessous de son feuillet j'écrivis :

« Plus j'y réfléchis, plus je trouve ton exemple stupide, car enfin...

– ... Ici la feuille étant remplie, chacun de nous la tourna – mais au verso de la sienne on lisait déjà :

– Du bonheur dans la règle. Être joyeux. Recherche d'un menu type.

1° *Potage (selon Monsieur Huysmans);*

2° *Beefsteck (selon Monsieur Barrès);*

3° *Choix de légumes (selon Monsieur Gabriel Trarieux);*

4° *Bonbonne d'eau d'Évian (selon Monsieur Mallarmé);*

5° *Chartreuse vert doré (selon Monsieur Oscar Wilde).*

Sur ma feuille on lisait simplement ma poétique pensée du Jardin des Plantes :

Tityre sourit.

Martin dit : « Qui c'est, Tityre? »
Je répondis : – « C'est moi.
– Donc tu souris parfois! reprit-il.
– Mais, cher ami, attends un peu que je t'explique – (pour une fois qu'on se laisse aller!...) Tityre, c'est moi et ce n'est pas moi; – Tityre, c'est l'imbécile; c'est moi, c'est toi – c'est nous tous... Et ne rigole donc pas comme ça – tu m'agaces; – je prends imbécile dans le sens d'impotent; il ne se souvient pas toujours de sa misère; c'est ce que je te disais tout à l'heure. On a ses moments d'oubli; mais comprends donc que ce n'est là rien qu'une pensée poétique... »

Alexandre lisait les papiers. Alexandre est un philosophe; de ce qu'il dit je me méfie toujours; à ce qu'il dit je ne réponds jamais. – Il sourit et, se tournant vers moi, commença :

« Il me semble, Monsieur, que ce que vous appelez acte libre, ce serait, d'après vous, un acte ne dépendant de rien; suivez-moi : détachable – remarquez ma progression : supprimable, – et ma conclusion : sans valeur. Rattachez-vous à tout, Monsieur, et ne demandez pas la contingence; d'abord vous ne l'obtiendriez pas – et puis : à quoi ça vous servirait-il? »

Je ne dis rien, par habitude; quand un philosophe vous répond, on ne comprend plus du tout ce qu'on lui avait demandé. – On entendait monter; c'était Clément, Prosper et Casimir. – « Alors, dirent-ils en voyant Alexandre avec nous installé – vous devenez stoïciens? – Entrez donc, Messieurs du Portique. »

Leur plaisanterie me parut prétentieuse, de sorte que je crus devoir n'entrer qu'après eux.

Le salon d'Angèle était déjà plein de monde; au milieu de tous Angèle circulait, souriait, offrait du café, des brioches. Sitôt qu'elle m'aperçut elle accourut : « Ah! vous voilà, dit-elle à voix basse; – j'ai un peu peur qu'on ne s'ennuie; vous nous réciterez des vers.

— Mais, répondis-je, on s'ennuiera tout autant, — et puis vous savez que je n'en sais pas.

— Mais si, mais si, vous venez toujours d'écrire quelque chose... »

A ce moment Hildebrant s'approcha :

« Ah! Monsieur, dit-il en me prenant la main — enchanté de vous voir. Je n'ai pas eu le plaisir de lire votre dernier ouvrage, mais mon ami Hubert m'en a dit le plus grand bien... Et il paraît que vous nous ferez ce soir la faveur de nous lire des vers... »

Angèle s'était éclipsée.

Ildevert s'amena :

« Alors, Monsieur, dit-il, vous écrivez *Paludes?*

— Comment savez-vous? m'écriai-je.

— Mais, reprit-il (exagérant) — il n'est plus question que de cela; — il paraît même que ça ne ressemblera pas à votre dernier ouvrage — que je n'ai pas eu le plaisir de lire, mais dont mon ami Hubert m'a beaucoup parlé. — Vous nous lirez des vers, n'est-ce pas?

— Pas des vers de vase, dit Isidore bêtement — il paraît que c'en est plein dans

Paludes, – à ce que raconte Hubert. Ah! çà, cher ami, – *Paludes,* qu'est-ce que c'est? »

Valentin s'approcha, et, comme plusieurs écoutaient à la fois, je m'embrouillai.

« *Paludes* – commençai-je – c'est l'histoire du terrain neutre, celui qui est à tout le monde... – mieux : de l'homme normal, celui sur qui commence chacun; – l'histoire de la troisième personne, celle dont on parle – qui vit en chacun, et qui ne meurt pas avec nous. – Dans Virgile il s'appelle Tityre – et il nous est dit expressément qu'il est *couché* – *" Tityre recubans ".* – *Paludes,* c'est l'histoire de l'homme couché.

– Tiens, dit Patras – je croyais que c'était l'histoire d'un marais.

– Monsieur, dis-je, les avis diffèrent – le fond permane. – Mais comprenez, je vous prie, que la seule façon de raconter la même chose à chacun, – la même chose, entendez-moi bien, c'est d'en changer la forme selon chaque nouvel esprit. – En ce moment, *Paludes* c'est l'histoire du salon d'Angèle.

— Enfin, je vois que vous n'êtes pas encore bien fixé », dit Anatole.

Philoxène s'approcha :

« Monsieur, dit-il, tout le monde attend vos vers.

— Chut! chut! fit Angèle; — il va réciter. »

Tout le monde se tut.

« Mais, Messieurs, criai-je exaspéré, je vous assure que je n'ai rien qui vaille. Pour ne pas me faire prier, je vais être forcé de vous lire une toute petite pièce sans...

— Lisez! Lisez! dirent plusieurs.

— Enfin, Messieurs, si vous y tenez... »

Je sortis un feuillet de ma poche, et sans posture, j'y lus d'une manière atone :

PROMENADE

Nous nous sommes promenés dans la lande
Ah! que Dieu enfin nous entende!
Nous avons erré sur la lande
Et quand est descendu le soir
Nous avons voulu nous asseoir
Tant notre fatigue était grande.

.. Tout le monde continuait de se taire; évidemment on ne comprenait pas que c'était fini; on attendait.

« C'est fini », dis-je.

Alors, au milieu du silence, on entendit la voix d'Angèle :

« Ah! Charmant! – Vous devriez mettre cela dans *Paludes.* Et comme on se taisait toujours : – N'est-ce pas, Messieurs, qu'il devrait mettre cela dans *Paludes?* »

Alors, pendant un instant il se fit une espèce de tumulte, car les uns demandaient : « *Paludes? Paludes?* – qu'est-ce que c'est? » et les autres expliquaient ce que c'était que *Paludes* – mais ce que c'était d'une manière encore peu sûre.

Je ne pouvais rien dire, mais à ce moment le savant physiologiste Carolus, par manie de remonter aux sources, s'approcha de moi, interrogatif.

« *Paludes?* commençai-je aussitôt – Monsieur, c'est l'histoire des animaux vivant dans les cavernes ténébreuses, et qui perdent la vue à force de ne pas s'en servir. – Et puis laissez-moi, j'ai horriblement chaud. »

Cependant Évariste, le fin critique, argua :

« J'ai peur que ce ne soit un peu spécial comme sujet.

– Mais, Monsieur, dus-je dire, il n'y a pas de sujet trop particulier. *Et tibi magna satis,* écrit Virgile, et c'est même précisément là mon sujet – je le déplore.

– L'art est de peindre un sujet particulier avec assez de puissance pour que la généralité dont il dépendait s'y comprenne. En termes abstraits cela se dit très mal parce que c'est déjà une pensée abstraite; – mais vous me comprendrez assurément en songeant à tout l'énorme paysage qui passe à travers le trou d'une serrure dès que l'œil se rapproche suffisamment de la porte. Tel, qui ne voit ici qu'une serrure, verrait le monde entier au travers s'il savait seulement se pencher. Il suffit qu'il y ait possibilité de généralisation; la généralisation, c'est au lecteur, au critique de la faire.

– Monsieur, dit-il, vous facilitez singulièrement votre tâche.

– Et sinon je supprime la vôtre », répondis-je, étouffant. Il s'éloigna. « Ah! pensais-je, je vais respirer! »

Précisément alors Angèle me prit par la manche :

« Venez, me dit-elle, que je vous montre. »

Et m'attirant près du rideau, elle le souleva discrètement afin de me laisser voir sur la vitre une grosse tache noire qui faisait du bruit.

« Pour que vous ne vous plaigniez pas qu'il fasse trop chaud, j'ai fait mettre un ventilateur, dit-elle.

– Ah! chère Angèle.

– Seulement, continua-t-elle, comme il faisait du bruit j'ai dû ramener le rideau par-dessus.

– Ah! c'est donc ça! Mais, chère amie, c'est beaucoup trop petit!

– Le marchand m'a dit que c'était le format pour littérateurs. La taille au-dessus c'était pour réunions politiques; mais on ne se serait plus entendu. »

A ce moment Barnabé le moraliste vint me tirer par la manche et dit :

« Divers de vos amis m'ont parlé de *Paludes* suffisamment pour que je voie assez clairement ce que vous voulez faire; je viens vous avertir que cela me paraît inutile et fâcheux. – Vous voulez forcer les gens à agir parce que vous avez horreur du stagnant – les forcer à agir sans considérer que plus vous intervenez, avant leurs

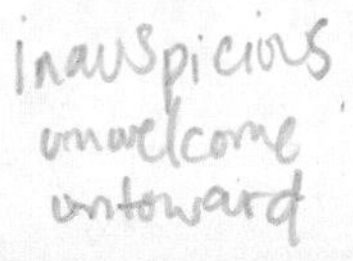

actes, moins ces actes dépendent d'eux. Votre responsabilité s'en augmente; la leur en est d'autant diminuée. Or la responsabilité seule des actes fait pour chacun leur importance – et leur apparence n'est rien. Vous n'apprendrez pas à vouloir : *velle non discitur;* simplement vous influencez; la belle avance alors si vous pouvez à la fin procréer quelques actions sans valeur! »

Je lui dis :

« Vous voulez donc, Monsieur, que l'on se désintéresse des autres puisque vous niez que l'on puisse s'occuper d'eux.

– Au moins, s'en occuper est-il très difficile, et notre rôle à nous qui nous en occupons n'est pas d'engendrer plus ou moins médiatement de grands actes, mais bien de faire la responsabilité des petits actes de plus en plus grande.

– Pour augmenter les craintes d'agir n'est-ce pas? – Ce n'est pas les responsabilités que vous faites grandir, ce sont les scrupules. Ainsi vous réduisez encore la liberté. L'acte comme il faut responsable, c'est l'acte libre; nos actes ne le sont plus; ce n'est pas des actes que je veux faire naître, c'est de la liberté que je veux dégager... »

Il sourit alors finement pour donner de l'esprit à ce qu'il allait dire, et ce fut :

« Enfin – si je vous comprends bien, Monsieur – vous voulez contraindre les gens à la liberté...

– Monsieur, m'écriai-je, quand je vois près de moi des gens malades, je m'inquiète – et si je ne cherche pas à les guérir, de peur, comme vous diriez, de diminuer la valeur de leur guérison, du moins je cherche à leur montrer qu'ils sont malades – à le leur dire. »

Galéas s'approcha pour glisser seulement cette ineptie :

« Ce n'est pas en montrant au malade sa maladie qu'on le guérit, c'est en lui donnant le spectacle de la santé. Il faut peindre un homme normal au-dessus de chaque lit d'hôpital et fourrer des Hercules Farnèse dans les corridors. »

Alors Valentin survenu dit :

« L'homme normal d'abord ne s'appelle pas Hercule... » L'on fit aussitôt : « Chutt! Chutt! le grand Valentin Knox va parler. »

Il disait :

« La santé ne me paraît pas un bien à ce point enviable. Ce n'est qu'un équilibre, une médiocrité de tout; c'est l'absence d'hypertrophies. Nous ne valons que par ce qui nous distingue des autres; l'idiosyncrasie est notre maladie de valeur; – ou en d'autres termes : ce qui importe en nous, c'est ce que nous seuls possédons, ce qu'on ne peut trouver en aucun autre, ce que n'a pas votre *homme normal,* – donc ce que vous appelez maladie.

« Car cessez à présent de regarder la *maladie* comme un manque; c'est quelque chose de plus, au contraire; un bossu, c'est un homme plus la bosse, et je préfère que vous regardiez la santé comme un manque de maladies.

« L'*homme normal* nous importe peu; j'aimerais dire qu'il est supprimable – car on le retrouve partout. C'est le plus grand commun diviseur de l'humanité, et qu'en mathématiques, étant donné des nombres on peut enlever à chaque chiffre sans lui faire perdre sa *vertu personnelle.* L'*homme normal* (ce mot m'exaspère), c'est ce résidu, cette matière première, qu'après la fonte où les particularités se subtilisent, on retrouve au fond des cornues. C'est le pigeon primitif qu'on réobtient par le croisement des variétés rares — un pigeon gris — les plumes de couleur sont tombées; il n'a plus rien qui le distingue. »

Moi, saisi d'enthousiasme parce qu'il parlait de pigeons gris, je voulus lui serrer la main et je fis :

« Ah! Monsieur Valentin. »

Il dit simplement :

« Littérateur, tais-toi. D'abord je ne m'intéresse qu'aux fous, et vous êtes affreusement raisonnable. » Puis continua : « L'homme normal c'est celui que je rencontrai dans la rue et que j'appelai par mon nom, le prenant d'abord pour moi-même; je m'écriai lui tendant la main : “ Mon pauvre Knox, comme te voilà terne aujourd'hui! Qu'as-tu donc fait de ton monocle? ” et ce qui me surprit c'est que Roland, qui se promenait avec moi, l'appelant aussi par son nom, lui disait en même temps que moi : “ Pauvre Roland! où donc avez-vous laissé votre barbe? ” Puis cet individu nous ennuyant, nous le supprimâmes, sans remords, puisqu'il ne présentait rien de nouveau. Lui, ne dit rien d'ailleurs, car il était piteux. Lui, l'homme normal, savez-vous qui c'est : c'est la troisième personne, celle dont on parle... »

Il se tournait vers moi; je me tournai vers Ildevert et Isidore et leur dis :

« Hein! qu'est-ce que je vous disais? »

Valentin continua, très haut, me regardant :

« Dans Virgile, elle s'appelle Tityre; c'est celle qui ne meurt pas avec nous, et vit à l'aide de chacun. » – Et il ajouta en éclatant de rire, sur moi : « C'est pourquoi il importe peu qu'on la tue. » Et Ildevert et Isidore s'esclaffant aussi s'écrièrent :

« Mais, Monsieur, supprimez Tityre!!! »

Alors, n'y tenant plus, exaspéré, je fis à mon tour :

« Chutt! Chutt! je vais parler! » Et je commençai n'importe comment :

« Si, Messieurs, si! Tityre a sa maladie!!! – Tous! tous, nous sommes, et durant toute notre vie, comme durant ces périodes détériorées où nous prend la manie du doute : – a-t-on fermé sa porte à clef, cette nuit? on reva voir; a-t-on mis sa cravate ce matin? on tâte; boutonné sa culotte, ce soir? on s'assure. Tenez! regardez donc Madruce qui n'était pas encore rassuré! Et Borace! – Vous voyez bien. Et remarquez que nous savions la chose parfaitement faite; – on la refait par maladie – la maladie de la rétrospection. On refait parce que l'on a fait; chacun de nos actes d'hier semble nous réclamer aujourd'hui; il semble que ce soit un enfant à qui nous avons donné vie et que dorénavant nous devions faire vivre... »

J'étais épuisé et je m'entendais parler mal...

« Tout ce que nous suscitons, il semble que nous le devions entretenir; de là la crainte de commettre trop d'actes de peur de dépendre par trop, – car chaque acte, au lieu, sitôt fait, de devenir pour nous un repoussoir, devient la couche creuse où l'on retombe – *recubans*.

– Ce que vous dites là est assez curieux, commença Ponce...

– Mais non, Monsieur, ce n'est pas curieux du tout – et je ne devrais pas du tout le mettre dans *Paludes*... Je disais que notre personnalité ne se dégage plus de la façon dont nous agissons – elle gît dans l'acte même – dans les deux actes que nous faisons (un trille) – dans les trois. Qui est Bernard? C'est celui qu'on voit le jeudi chez Octave. – Qui est Octave? C'est celui qui reçoit le jeudi Bernard. – Mais encore? C'est lui qui va le lundi chez Bernard. – Qui est... qui sommes-nous tous, Messieurs? Nous sommes ceux qui vont tous les vendredis soir chez Angèle.

– Mais, Monsieur, dit Lucien par politesse, d'abord c'est tant mieux; puis soyez sûr que c'est là notre seul point de tangence!

– Eh! parbleu, Monsieur, repris-je, je pense bien que lorsque Hubert vient me voir tous les jours à six heures, il ne peut pas être en même temps chez vous; mais qu'est-ce que cela change si, qui vous recevez tous les jours, c'est Brigitte? – Qu'importe même si Joachim ne la reçoit que tous les trois jours? – Est-ce que je fais de la statistique? – Non! mais j'aimerais mieux marcher *aujourd'hui* sur les mains, plutôt que de marcher sur les pieds – *comme hier!*

– Il me semble pourtant que c'est ce que vous faites, dit Tullius bêtement.

– Mais, Monsieur, c'est précisément ce dont je me plains; je dis " j'aimerais mieux " remarquez! d'ailleurs je tâcherais de le faire à présent, dans la rue, qu'on m'enfermerait comme un fou. Et c'est justement là ce qui m'irrite – c'est que tout le dehors, les lois, les mœurs, les trottoirs aient l'air de décider nos récidives et de s'attribuer notre monotonie, – quand, au fond, tout s'entend si bien avec notre amour des reprises.

– Alors de quoi vous plaignez-vous? s'exclamèrent Tancrède et Gaspard.

– Mais précisément de ce que personne ne se plaigne! l'acceptation du mal l'aggrave, – cela devient du vice, Messieurs, puisque l'on finit par s'y plaire. Ce dont je me plains, Monsieur – c'est qu'on ne regimbe pas; c'est qu'on ait l'air de bien dîner quand on mange des ratatouilles et qu'on ait belle mine après un repas de quarante sous. C'est qu'on ne se révolte pas contre...

– Oh! oh! oh! firent plusieurs – vous voilà révolutionnaire?

– Mais pas du tout, Messieurs, je ne le suis pas, révolutionnaire! vous ne me laissez pas achever, – je dis qu'on ne se révolte pas... en dedans. Ce n'est pas des répartitions que je me plains; c'est de nous; c'est des mœurs...

– Enfin Monsieur, fit un tumulte – vous reprochez aux gens de vivre comme ils font, – d'autre part vous niez qu'ils puissent vivre autrement, et vous leur reprochez d'être heureux de vivre comme ça – mais si ça leur plaît – mais... mais enfin, Monsieur : Qu'est-ce-que-vous-vou-lez??? »

J'étais en eau et complètement ahuri; je répondis éperdument :

« Ce que je veux? Messieurs, ce que je veux – moi, personnellement – c'est terminer *Paludes*. »

Alors Nicodème s'élançant du groupe vint me serrer la main en criant :

« Ah! Monsieur, comme vous ferez bien! Tous les autres avaient du coup tourné le dos.

– Comment, dis-je, vous connaissez?

– Non, Monsieur, reprit-il, mais mon ami Hubert m'en a beaucoup parlé.

– Ah! il vous a dit...

– Oui, Monsieur, l'histoire du pêcheur à la ligne qui trouve les vers de vase si bons qu'il les mange au lieu d'en amorcer ses lignes; – alors il ne prend rien... naturellement. Moi je trouve ça très drôle! »

Il n'avait rien compris. – Tout est à recommencer, encore. Ah! je suis éreinté! Et dire que c'est justement ça que je voudrais leur faire comprendre, qu'il faut recommencer – toujours – à faire comprendre; on s'y perd; je n'en peux plus; ah! je l'ai déjà dit...

Et comme chez Angèle je suis presque chez moi, m'approchant d'elle et sortant ma montre, je criai très fort :

« Mais, chère amie, il est horriblement tard! »

Alors chacun dans un seul temps tira sa montre de sa poche et s'écria : « Comme il est tard! »

Seul Lucien insinua, par politesse : « Vendredi dernier, il était encore plus tard! » – Mais on ne fit aucune attention à sa remarque (je lui dis simplement : « C'est que votre montre retarde »); chacun courait chercher son pardessus; Angèle serrait des mains, souriait encore, offrait les dernières brioches. Et puis elle se pencha pour voir descendre. – Je l'attendais, ruiné sur un pouf. Quand elle revint :

« Un vrai cauchemar votre soirée! — commençai-je. O! ces littérateurs! ces littérateurs, Angèle!!! Tous insupportables!!!

— Mais vous ne disiez pas cela l'autre jour, reprit-elle.

— C'est, Angèle, que je ne les avais pas vus chez vous. — Et puis c'est effrayant ce qu'il y en avait! — Chère amie, on n'en reçoit pas tant que ça à la fois!

— Mais, dit-elle, je ne les avais pas tous invités; c'est chacun qui en a amené plusieurs autres.

— Au milieu d'eux tous vous paraissiez si ahurie... Vous auriez dû dire à Laure de monter; vous vous seriez prêté conte nance.

— Mais, reprit-elle, c'est que je vous voyais tellement excité; je croyais que vous alliez avaler les chaises.

— Chère Angèle, c'est que sinon l'on se serait tellement ennuyé... Mais étouffait-on dans votre salle! — La prochaine fois on n'entrera qu'avec une carte. — Je vous demande un peu ce que signifiait votre petit ventilateur! D'abord rien ne m'agace comme ce qui tourne sur place;

vous devriez savoir cela, depuis le temps! – Et puis en fait-il un vilain bruit quand il tourne! On entendait ça sous le rideau sitôt qu'on arrêtait de causer. Et tout le monde se demandait : " Qu'est-ce que c'est? " – Vous pensez bien que je ne pouvais pas leur dire : " C'est le ventilateur d'Angèle! " Tenez, l'entendez-vous à présent, comme il grince. Oh! c'est insupportable, chère amie; arrêtez-le, je vous en prie.

– Mais, dit Angèle, on ne peut pas l'arrêter.

– Ah! lui aussi, criai-je; – alors parlons très haut, chère amie. – Quoi! vous pleurez?

– Du tout, fit-elle, très colorée.

– Tant pis! – Et je vociférai, pris de lyrisme pour couvrir le petit bruit de crécelle : – Angèle! Angèle! il en est temps! quittons ces lieux intolérables! – Entendrons-nous soudain, belle amie, le grand vent de la mer sur les plages? – Je sais que l'on n'a près de vous rien que de petites pensées, mais ce vent parfois les soulève... Adieu! j'ai besoin de marcher; plus que demain, songez! puis le voyage.

Songez donc, chère Angèle, songez!

– Allons, adieu, fit-elle; allez dormir Adieu. »

Je la quittai. Je revins chez moi presque en courant; je me déshabillai; je me couchai; non pour dormir; quand je vois les autres prendre du café, cela m'agite. Or je me sentais en détresse et me disais : « Pour les persuader, ai-je bien fait ce que je pouvais faire? J'aurais dû trouver pour Martin quelques arguments plus puissants... Et Gustave! – Ah! il n'aime que les fous, Valentin! – m'appeler " raisonnable " – si c'est possible! moi qui n'ai fait rien que d'absurde tout ce jour. Je sais bien que ça n'est pas la même chose... Ici, ma pensée, pourquoi t'arrêter et me fixer comme une chouette hagarde? – Révolutionnaire, peut-être que je le suis, après tout, à force de l'horreur du contraire. Comme l'on se sent misérable pour avoir voulu cesser de l'être! – Ne pas pouvoir se faire entendre... C'est pourtant vrai, cela que je leur dis – puisque j'en souffre. – Est-ce que j'en souffre? – Ma parole! à de certains moments, je ne comprends plus du tout ni ce que je veux ni à qui j'en veux; – il me semble alors que je me débats contre mes propres fantômes et que je... Mon Dieu! mon Dieu, c'est là vraiment chose pesante, et la pensée d'autrui est plus inerte encore que la matière. Il semble que chaque idée, dès qu'on la touche, vous châtie; elles ressemblent à ces goules de nuit qui s'installent sur vos épaules, se nourrissent de vous et pèsent d'autant plus qu'elles vous ont rendu plus faible... A présent que j'ai commencé de chercher les équivalents des pensées, pour les rendre aux autres plus claires – je ne peux cesser; rétrospections; – voilà des métaphores ridicules; – je me sens prendre peu à peu, à mesure que je les dépeins, par toutes les maladies que je reproche aux autres, et je garde pour moi toute la souffrance que je ne parviens pas à leur donner. – Il me semble à présent que le sentiment que j'en ai augmente encore ma maladie, et que les autres, après tout, peut-être ne sont pas malades. – Mais alors, ils ont raison de ne pas souffrir – et je n'ai pas raison de le leur reprocher; – pourtant je vis comme eux, et c'est de vivre ainsi que je souffre... Ah! ma tête est au désespoir! – Je veux inquiéter – je me donne pour cela bien du mal – et je n'inquiète que moi-même... Tiens! une phrase! notons cela. » Je sortis un feuillet de dessous mon oreiller, je rallumai ma bougie et j'écrivis ces simples mots :

« S'éprendre de son inquiétude. »

Je soufflai ma bougie.

« ... Mon dieu, mon Dieu! avant de m'endormir, il y a un petit point que je voudrais scruter encore. On tient une petite idée – on aurait aussi bien pu la laisser tranquille.. – hein!... Quoi?... Rien, c'est moi qui parle; – je disais qu'on aurait aussi bien pu la laisser tranquille.. hein!... Quoi?... Ah! j'allais m'endormir... – non, je voulais encore penser à cette petite idée qui grandit; – je ne saisis pas bien la progression; – maintenant l'idée est énorme – et qui m'a pris – pour en vivre; oui, je suis son moyen d'existence; – elle est lourde – il faut que je la présente, que je la représente dans le monde. – Elle m'a pris pour la trimbaler dans le monde. – Elle est pesante comme Dieu... Malheur! encore une phrase! » – Je sortis un autre feuillet; j'allumai ma bougie et j'écrivis :

« Il faut qu'elle croisse et que je diminue. »

– « C'est dans saint Jean... Ah! pendant que j'y suis » : – Je sortis un troisième feuillet...

. . . .

« Je ne sais plus ce que je voulais dire... ah! tant pis; j'ai mal à la tête... Non, la pensée serait perdue, – perdue... et j'y aurais mal comme à une jambe de bois... jambe de bois... Elle n'y est plus : on la sent, la pensée... la pensée... – Quand on répète ses mots, c'est qu'on va dormir · – je vais répéter encore : jambe de bois – jambe de bois... jambe de... Ah! je n'ai pas soufflé ma bougie... Si. – Est-ce que j'ai soufflé ma bougie?... Oui, puisque je dors. – D'ailleurs quand Hubert est rentré, elle n'était pas encore éteinte;... mais Angèle prétendait que si;... c'est même alors que je lui ai parlé de la jambe de bois; – parce qu'elle piquait dans la tourbe; je lui faisais observer que je ne pourrais jamais courir assez vite; ce terrain, disais-je, est horriblement élastique!... la maraischaussée – non pas cela!... Tiens! où est Angèle? Je commence à courir un peu plus vite. – Misère! on enfonce horriblement... je ne pourrai jamais courir assez vite.. Où est le bateau? Est-ce que j'y suis?... Je vais sauter – ouf! houp. – Quelâs!...

« Alors si vous voulez, Angèle, nous allons faire en cette barque un petit voyage d'agrément. Je vous faisais observer simplement, chère amie, qu'il n'y a là rien que des carex et des lycopodes – des petits potamogétons – et moi je n'ai rien dans les poches – un tout petit peu de mie de pain pour les poissons... Tiens? où est Angèle?... Enfin, chère amie, pourquoi est-ce que vous êtes ce soir toute fondue?... – mais vous vous dissolvez complètement, ma chère! – Angèle! Angèle! entendez-vous – voyons, entendez-vous? Angèle!... et ne restera-t-il plus de vous que cette branche de nymphéa botanique (et j'emploie ce mot dans un sens bien difficile à apprécier aujourd'hui) – que je vais récolter sur le fleuve... Mais c'est absolument du velours! un tapis tout à fait; – c'est une moquette élastique!...

Alors pourquoi rester assis dessus? avec entre les mains ces deux pieds de chaise. Il faut chercher enfin à sortir de dessous les meubles! – On va recevoir Monseigneur... d'autant plus qu'on étouffe ici!... Voici donc le portrait d'Hubert. Il est en fleur... Ouvrons la porte; il fait trop chaud. Cette autre salle m'a l'air d'être encore un peu plus pareille à ce que je m'attendais à la trouver; – seulement le portrait d'Hubert y est mal fait; j'aimais mieux l'autre; il a l'air d'un ventilateur; – ma parole! d'un ventilateur tout craché. Pourquoi rigole-t-il?... Allons-nous-en. Venez, ma chère amie... tiens! où est Angèle? – Je la tenais très fort par la main tout à l'heure; elle a dû s'enfiler dans le corridor, pour aller préparer sa valise. Elle aurait pu laisser l'indicateur... Mais ne courez donc pas si vite, je ne pourrai jamais vous suivre. – Ah! misère! encore une porte fermée... Heureusement qu'elles sont très faciles à ouvrir; je les claque derrière moi pour que Monseigneur ne puisse pas m'attraper. – Je crois qu'il a mis tout le salon d'Angèle à mes trousses... Y en a-t-il! Y en a-t-il! des littérateurs... Paf! encore une porte fermée. – Paf! – Oh! nous n'en sortirons donc jamais, du corridor! – Paf! – quelle enfilade! Je ne sais plus du tout où j'en suis... Comme je cours vite à présent!... Miséricorde! ici il n'y a plus de portes du tout. Le portrait d'Hubert est mal accroché; – il va tomber; – il a l'air d'un rigolateur... Cette pièce est beaucoup trop étroite – j'emploierai même le mot : exigu; on ne pourra jamais y tenir tous. Ils vont venir... J'étouffe! – Ah! par la fenêtre. – Je vais la refermer derrière moi; – je vais voleter désolément jusqu'au balcon de sur la rue. – Tiens! c'est un corridor! Ah! les voilà : – Mon Dieu, mon Dieu! Je deviens fou... J'étouffe! »

Je m'éveillai trempé de sueur; les couvertures trop bordées me sanglaient comme des ligatures; leur tension me semblait un poids horrible sur la poitrine; je fis un grand effort, les soulevai, puis d'un coup les rejetai toutes. L'air de la chambre m'entoura; je respirai avec méthode. – Fraîcheur – petit matin – vitres pâles... il faudra noter tout cela; – aquarium, – il se confond avec le reste de la chambre... A cet instant je frissonnai; – je vais me refroidir, pensai-je; – certainement je me refroidis. – Et grelottant, je me levai pour rattraper les couvertures, et les ramenant sur le lit je me rebordai docilement pour dormir.

HUBERT
OU LA CHASSE AU CANARD

Vendredi.

Sur l'agenda, sitôt levé je pus lire : tâcher de se lever à six heures. Il était huit heures; je pris ma plume; je biffai; j'écrivis au lieu : Se lever à onze heures. – Et je me recouchai, sans lire le reste.

Après la nuit horrible, me sentant souffrant, je pris au lieu de lait, pour varier, un peu de tisane; et même je la pris dans mon lit, où me l'apporta mon domestique. Mon agenda m'exaspérant, ce fut sur une feuille vraiment volante que j'écrivis : « Ce soir, acheter une bonbonne d'eau d'Évian » – puis j'épinglai cette feuille au mur.

– Pour goûter cette eau, je resterai chez moi, je n'irai point dîner avec Angèle,

Hubert y va d'ailleurs; peut-être que je les gênerais; – mais j'irai sitôt après dans la soirée pour voir si je les aurais gênés.

Je pris ma plume et j'écrivis :

« Chère amie; j'ai la migraine; je ne viendrai pas pour souper; d'ailleurs Hubert viendra, et je ne voudrais pas vous gêner: mais je viendrai sitôt après dans la soirée J'ai fait un cauchemar assez curieux que je vous raconterai. »

J'enveloppai la lettre; pris une autre feuille et tout doucement j'écrivis :

Tityre au bord des étangs va cueillir les plantes utiles. Il trouve des bourraches, des guimauves efficaces et des centaurées très amères. Il revient avec une gerbe de simples. A cause de la vertu des plantes, il cherche des gens à soigner. Autour des étangs, personne. Il pense : c'est dommage. — Alors il va vers les salines où sont fièvres et ouvriers. Il va vers eux, leur parle, les exhorte et leur prouve leur maladie; — mais un dit qu'il n'est pas malade; un autre, à qui Tityre donne une fleur médicinale, la plante dans un vase et va la regarder pousser; un autre enfin sait bien qu'il a la fièvre, mais croit qu'elle est utile à sa santé

Et comme aucun enfin ne souhaitait guérir et que les fleurs s'en fussent fanées, Tityre prend lui-même la fièvre pour pouvoir au moins se soigner...

A dix heures on sonna; c'était Alcide. Il dit : « Couché! – Malade? »

Je dis : « Non. Bonjour, mon ami. -- Mais je ne peux me lever qu'à onze heures. – C'est une décision que j'ai prise. – Tu voulais?

- Te dire adieu; on m'a dit que tu partais en voyage... C'est pour longtemps?

- Pas pour très très longtemps... Tu comprends qu'avec les moyens dont je dispose... Mais l'important c'est de partir. – Hein? Je ne dis pas ça pour te renvoyer; – mais j'ai beaucoup à écrire avant de... enfin, tu es bien gentil d'être venu; – au revoir. » Il partit.

Je pris un nouveau feuillet et j'écrivis :

Tityre semper recubans

puis je me rendormis jusqu'à midi.

C'est une chose curieuse à noter, cela, combien une résolution importante, la décision d'un grand changement dans l'existence, fait paraître futiles les petites obligations du jour, les besognes, et donne donc de force pour les envoyer au diable.

C'est ainsi que j'eus contre Alcide, dont la visite m'importunait, le courage d'une impolitesse que je n'eusse pas osé sans cela. – De même, ayant vu, par hasard sur l'agenda, que malgré moi je regardai, l'indication :

« Dix heures. Aller expliquer à Magloire pourquoi je le trouve si bête. » – j'eus la force de me réjouir de n'y avoir pas été. – L'agenda a du bon, pensai-je, car si je n'eusse pas marqué pour ce matin ce que j'eusse dû faire, j'aurais pu l'oublier, et je n'aurais pu me réjouir de ne l'avoir point fait. C'est toujours là le charme qu'a pour moi ce que j'appelai si joliment l'*imprévu négatif;* je l'aime assez car il nécessite peu d'apport, de sorte qu'il me sert pour les jours ordinaires.

Le soir, après le dîner, donc je me rendis chez Angèle. Elle était assise au piano; elle aidait Hubert à chanter le grand duo de *Lohengrin,* que je fus heureux d'interrompre.

« Angèle, chère amie, dis-je en entrant, je n'apporte pas de valise; pourtant je reste ici toute la nuit, selon votre gracieuse invite, attendant avec vous, n'est-ce pas, l'heure du matinal départ. – J'ai dû laisser ici depuis longtemps divers objets que vous aurez mis dans ma chambre : chaussures rustiques, tricot, ceinture, toque imperméable... Nous trouverons tout ce qu'il faut. Je ne retourne plus chez moi. – Il faut, ce dernier soir, s'ingénier, songer au départ de demain, ne rien faire qui ne le prépare; il faut le motiver, l'amener, le rendre en tous points désirable. Hubert devra nous allécher, par le récit de quelque ancienne aventure.

– Je n'ai guère de temps, dit Hubert; il est tard déjà et je dois aller à ma société d'assurances toucher quelques papiers avant la fermeture des bureaux. – Puis je ne sais pas raconter, et ce ne sont toujours que des souvenirs de mes chasses. – Celui-ci remonte à mon grand voyage en Judée; – mais il est terrible, Angèle, et je ne sais...

– O! racontez, je vous en prie.

– Vous la voulez, – voici l'histoire : « Je voyageais avec Bolbos, – que vous deux n'aurez point connu; c'était un grand ami d'enfance; – ne cherchez point, Angèle, il est mort, – et c'est sa fin que je raconte.

« Il était comme moi grand chasseur, chasseur de tigres dans les jungles. Il était vaniteux d'ailleurs, et s'était fait faire, avec la peau d'un de ces tigres qu'il avait lui-même tués, une pelisse de mauvais goût qu'il portait même les jours chauds, et toujours toute grande ouverte. – Il la portait encore ce dernier soir... avec plus de raison d'ailleurs, car on n'y voyait presque plus et le froid déjà vif s'accentuait. Vous savez qu'en ces climats les nuits sont froides, et c'est durant la nuit qu'on chasse la panthère. On la chasse en escarpolette – et c'est même assez amusant. Dans ces montagnes d'Idumée, on connaît les couloirs rocheux où la bête, à ses heures, passe; rien n'est plus régulier dans ses habitudes qu'une panthère – et c'est même ce qui permet de la chasser. – La panthère se tue de haut en bas, – pour des raisons anatomiques. De là, l'usage de l'escarpolette, mais qui ne présente vraiment tous ses avantages que lorsqu'on manque la panthère. En effet, le contre-coup de la détente est une impulsion assez vive pour balancer l'escarpolette; celles-ci sont choisies à cet usage très légères; elles s'élancent aussitôt, vont et viennent, et la panthère exaspérée bondit mais ne peut les atteindre – ce qu'elle ferait certainement si l'on demeurait immobile. – Que dis-je, ferait?... ce qu'elle a fait! ce qu'elle a fait, Angèle!

« ... Ces balançoires se suspendent d'un bord à l'autre du ravin; nous avions donc chacun la nôtre; il était tard; nous attendions. – La panthère devait passer au-dessous de nous entre minuit et une heure. J'étais jeune encore, un peu poltron, et tout à la fois téméraire, – je veux dire précipité. Bolbos plus vieux était plus sage; lui qui connaissait cette chasse, par excellente amitié, m'avait cédé la bonne place d'où l'on devait voir le premier.

– Quand tu fais des vers, ils ne valent rien du tout, lui dis-je; tâche donc de parler en prose. »

Il reprit sans m'avoir compris :

« A minuit, j'armai mon fusil. A minuit et quart la pleine lune passa les roches.

– Comme ça devait être beau! dit Angèle.

– Bientôt on entendit non loin ce léger

frôlement, si particulier, que font les fauves quand ils marchent. A minuit et demi je vis s'avancer en rampant une forme allongée – c'était elle! j'attendis encore qu'elle fût bien sous moi. – Je tirai... Chère Angèle, que vous dirai-je? Je me sentis du coup projeté sur l'escarpolette, en arrière, – il me sembla que je m'envolais; aussitôt je fus hors de prise – la tête perdue, mais pas assez pour... Bolbos ne tirait pas! – Qu'attendait-il? c'est ce que je n'ai pas pu comprendre; – mais ce que j'ai compris, c'est qu'il est peu prudent dans ces chasses d'être deux : Supposez, en effet, chère Angèle, que l'un tire, ne fût-ce qu'un instant après l'autre; – la panthère irritée voit ce point immobile – a le temps de sauter – et pourtant celui qu'elle attrape, c'est précisément celui qui n'a pas tiré. – Je crois, lorsqu'à présent j'y pense, que Bolbos a voulu tirer, mais que son coup n'a pas voulu partir. De ces défections arrivent même avec les meilleurs fusils. – Quand, cessant mon aller en arrière, je commençai de revenir en avant, je distinguai Bolbos sous la panthère, et tous deux sur la balançoire à présent vivement agitée; – en effet, rien de plus preste que ces bêtes.

« Je dus, chère Angèle, – songez! je dus assister à ce drame – j'allais, je venais, je balançais toujours; – lui maintenant balançait aussi, sous la panthère – et je n'y pouvais rien! – Me servir du fusil? – Impossible : comment viser? – J'aurais du moins voulu partir car ce mouvement me donnait horriblement mal au cœur...

– Comme ça devait être émouvant! dit Angèle.

– Maintenant, adieu, chers amis, – je vous laisse. Je suis pressé. Bon voyage; amusez-vous bien; ne rentrez pas trop tard. – Je reviendrai vous voir dimanche. »

Hubert partit.

Il y eut un vaste silence. Si j'avais parlé, j'aurais dit : « Hubert a bien mal raconté. J'ignorais son voyage en Judée. Est-ce que c'est vrai, cette histoire? – Vous aviez l'air quand il parlait d'immodérément l'admirer. » – Mais je nè disais rien; je regardais le foyer, la flamme de la lampe, Angèle auprès de moi, tous deux auprès du feu – la table – la pénombre exquise de la chambre – tout ce qu'il nous fallait quitter... On apporta le thé. Il était plus de onze heures; il semblait que chacun de nous deux sommeillât

Quand minuit eut achevé de sonner :

« Moi aussi, j'ai chassé... » commençai-je.

L'étonnement sembla l'éveiller; elle dit :

« Vous! chasser! Chasser quoi?

– Le canard, Angèle. Et ce fut même avec Hubert; ce fut jadis... Mais chère Angèle, pourquoi pas? – Ce qui me déplaît, c'est le fusil, non pas la chasse; j'ai les détonations en horreur. Vous vous méprenez, je vous assure, dans vos jugements sur moi-même. J'ai le tempérament très actif; ce sont les instruments qui me gênent... Mais Hubert, toujours au courant des inventions les plus récentes, m'avait procuré pour l'hiver, par l'entremise d'Amédée, un fusil à air comprimé.

– O racontez-moi tout! dit Angèle.

– Ce n'était pas, continuai-je – ce n'était pas, vous pensez bien, un de ces fusils extraordinaires comme on n'en voit qu'aux grandes expositions; – d'ailleurs, je ne l'avais que loué, car ces instruments coûtent horriblement cher; puis je n'aime pas garder chez moi des armes. – Un petit réservoir à air faisait manœuvrer la détente, – au moyen d'un tube élastique que l'on se passait sous l'aisselle; on tenait dans sa main une poire un peu fatiguée, – car c'était un vieux appareil; – à la moindre pression, la poire en caoutchouc faisait partir la balle... Votre ignorance de la technique m'empêche de vous expliquer mieux.

– Vous auriez dû me montrer cela, dit Angèle.

– Chère amie, ces instruments ne peuvent être touchés qu'avec une toute particulière adresse, – puis, je vous l'ai dit, je ne le gardai point. D'ailleurs cette seule nuit de chasse suffit, tant elle fut fructifère, à user définitivement la poire, – comme je vais vous raconter : – C'était une brumeuse nuit de décembre. – Hubert alors me dit : " Viens-tu? "

« Je lui répondis : " Je suis prêt. "

« Il décrocha sa carabine; moi mon fusil; il prit ses pipeaux et ses bottes; nous prîmes nos patins nickelés. Puis, avec ce flair particulier des chasseurs, nous nous avançâmes dans l'ombre. Hubert connaissait le chemin qui devait conduire à la hutte, où, près de l'étang giboyeux, un feu de tourbe préparé couvait depuis le soir sous la cendre. D'ailleurs, sitôt sortis du parc que les sapins noirs encombraient, la nuit nous parut plutôt claire. Une lune à peu près gonflée se montrait indistinctement à travers la brume éthérée. On ne la voyait pas comme parfois, tantôt et tantôt, puis cachée, puis ruisseler sur les nuages; la nuit n'était pas agitée; – ce n'était pas non plus une nuit pacifique; – elle était muette, inemployée, humide, et m'eussiez-vous compris si j'eusse dit : involontaire. Le ciel était sans autre aspect; on l'eût retourné sans surprise. – Si j'insiste ainsi, calme amie, c'est pour bien vous faire comprendre à quel point cette nuit était ordinaire.

« Les chasseurs expérimentés savent, pour l'affût du canard, que ce sont ces nuits les meilleures. – Nous approchâmes du canal dont, entre les roseaux fanés, nous distinguions l'eau gelée, à son reflet de polissure. Nous adaptâmes nos patins et, sans dire un mot, nous allâmes. Plus l'on approchait de l'étang, plus l'eau bourbeuse, diminuée, mêlée de mousses et de terre et de neige à moitié fondue, rendait la course difficile. Le canal allait se perdant; nos patins enfin nous gênèrent. Nous marchâmes. Hubert entre se chauffer dans la hutte; moi je n'y pus tenir à cause de l'épaisse fumée... Ce que je vais vous raconter, Angèle, c'est une chose horrible! — car, écoutez : — Sitôt que Hubert fut chauffé, il s'engagea dans l'eau vaseuse; — je sais bien qu'il avait ses bottes et son vêtement goudronné — mais, amie, il ne s'enfonça pas jusqu'aux genoux — ni jusqu'à la ceinture : il s'enfonça là-dedans tout entier! — Ne frémissez pas trop; c'était exprès! Pour se cacher mieux des canards, il voulait complètement disparaître; c'était abject, allez-vous dire... N'est-ce pas? Je le trouvais aussi : mais de là vint le gibier en abondance. Les dispositions étaient prises; assis au fond d'une barque amarrée, j'attendais le vol approcher. — Hubert. quand il fut bien caché, commença d'appeler le canard. Il employait à cet effet deux pipeaux : l'un d'appel, l'autre de réponse. Le voilier lointain entendait; il entendait cette réponse : le canard est si bête qu'il la croyait de lui; de sorte qu'il arrivait vite — pour l'avoir faite, chère Angèle. — Hubert imitait parfaitement. Le ciel au-dessus de nous s'assombrit de leur nuage triangulaire; puis le bruit de leurs ailes s'accrut de ce qu'alors ils descendirent; et lorsqu'ils furent assez près, moi je commençai de tirer.

« Ils vinrent bientôt si nombreux, qu'à vrai dire je ne visais qu'à peine; je me contentais de presser un peu plus, à chaque coup nouveau, la poire, — tant la détente était facile; — elle ne faisait pas d'autre bruit que celui, dans les airs, d'une chandelle d'artifice à l'instant de son éclosion — ou que le son plutôt de *“ Palmes! ”* dans un vers de Monsieur Mallarmé. Encore souvent ne l'entendait-on même pas, et lorsque je n'approchais pas mon oreille, n'étais-je averti du départ de la balle que par la chute d'un autre oiseau. N'entendant pas de bruit, les canards longtemps s'arrêtèrent. Ils tombaient, tournoyant sur l'eau brune qu'une croûte boueuse étouffait, et, crispés, déchiraient des feuilles de leur aile mal refermée. Ils voulaient, avant de mourir, gagner un abri de broussailles, les roseaux ne les cachant pas. Des plumes s'attardaient et, flottant sur les eaux, dans les airs, semblaient, autant que les brouillards, légères... Moi je me demandais : Quand ça va-t-il finir? – Enfin, au petit jour, les derniers survivants partirent; il se fit tout à coup un grand bruit d'ailes, que les derniers mourants comprirent. – Alors enfin revint Hubert, couvert de feuilles et de vase. Nous démarrâmes le canot plat et, le poussant avec des gaules au travers des tiges froissées, dans l'horrible clarté d'avant l'aube, nous recueillîmes nos victuailles. – J'en avais tué plus de quarante; – toutes sentaient le marécage... Mais quoi! vous dormez, chère Angèle? »

La lampe baissait faute d'huile, le feu se mourait tristement, et la vitre se lavait d'aube. Un peu d'espoir enfin des réserves du ciel semblait en grelottant descendre.. Ah! que vienne enfin jusqu'à nous un peu de céleste rosée et, dans cette chambre si close où si longtemps nous sommeillâmes, fût-ce à travers la vitre et pluviale, qu'une aube enfin paraisse, et qu'elle apporte jusqu'à nous, à travers l'ombre accumulée, un peu de blancheur naturelle...

Angèle sommeillait à demi; n'entendant plus parler elle s'éveilla doucement – murmura :

« Vous devriez mettre cela...

– ... Ah! par pitié n'achevez pas, chère amie – et ne me dites pas que je devrais mettre cela dans *Paludes.* – D'abord ça y est déjà – et puis vous n'avez pas écouté – mais je ne vous en veux pas – non, je vous en supplie, ne croyez pas que je vous en veuille. Aussi bien je veux être joyeux aujourd'hui. L'aube naît, Angèle! voyez! Voyez les toits gris de la ville et ces blancheurs sur la banlieue... Sera-ce... Ah! de quelle morne grisaille et de quelle veille effritée, cendre amère, ah! pensée – sera-ce ta candeur, et qui se glisse inespérée, aube, qui nous délivrera? – La vitre où le matin ruisselle... non... le matin où pâlit la vitre... Angèle – laverait... laverait...

Nous partirons! je sens que des oiseaux sont ivres!

Angèle! c'est un vers de Monsieur Mallarmé! – je le cite assez mal – il est au singulier – mais vous partez aussi – ah! chère amie, je vous emmène! – Valises! – Hâtons-nous; – je veux un havresac bondé! – Pourtant ne prenons pas trop de choses : “ Tout ce qu'on ne peut pas mettre dans sa valise est insupportable! ” – Le mot est de Monsieur Barrès – Barrès, vous savez bien, le député, ma chère! – Ah! l'on étouffe ici; ouvrons, voulez-vous, la fenêtre! Je suis extrêmement agité. Allez vite dans la cuisine. En voyage on ne sait jamais où l'on dîne. Emportons quatre pains fourrés, des œufs, du cervelas et la longe de veau qu'hier au souper nous laissâmes. »

Angèle s'éloigna; je demeurai seul un instant.

Or, de cet instant que dirais-je? – Pour quoi n'en parler pas autant que de l'instant qui suivit : savons-nous quelles sont les choses importantes? Quelle arrogance dans le *choix!* – Regardons tout avec une égale insistance, et, qu'avant le départ excité, j'aie encore une calme méditation. Regardons! Regardons! – que vois-je?

– Trois marchands de légumes passent.

– Un omnibus déjà.

– Un portier balaie devant sa porte.

– Les boutiquiers rafraîchissent leur devanture.

– La cuisinière part pour le marché.

– Des collégiens vont à l'école.

– Les kiosques reçoivent les journaux; des messieurs pressés les achètent.

– On pose les tables d'un café...

Mon Dieu! Mon Dieu, qu'Anglèle n'entre pas à présent, voici que de nouveau je sanglote... c'est nerveux, je crois; – cela me prend à chaque énumération. – Et puis je grelotte à présent! – Ah! pour l'amour de moi fermons cette fenêtre. Cet air du matin m'a transi. – La vie – la vie des autres! – cela, la vie? – voir la vie! Ce que c'est pourtant que de vivre!!... Et qu'est-ce qu'on en pourrait dire d'autre? Exclamations. – A présent, j'éternue; oui, sitôt que la pensée s'arrête et que la contemplation me commence, je prends froid. – Mais j'entends Angèle – hâtons-nous.

ANGÈLE
OU LE PETIT VOYAGE

Samedi.

Ne noter du voyage rien que les moments poétiques – parce qu'ils rentrent plus dans le caractère de ce que je désirais.

Dans la voiture qui nous mène à la gare, je déclamai :

> Des chevreaux au bord des cascades;
> Des ponts jetés sur des ravins;
> Des mélèzes en enfilades...
> Où monte avec nous, j'imagine,
> L'excellente odeur de résine
> Des mélèzes et des sapins.

« Oh! dit Angèle – quels beaux vers! – Vous trouvez, chère amie, lui dis-je. – Mais non, mais non, je vous assure; – je ne dis pas qu'ils soient mauvais, mauvais.. Mais enfin, je n'y tiens pas; – j'improvisais. Puis, vous avez peut-être raison; – il se peut en effet qu'ils soient bons. L'auteur ne sait jamais bien lui-même... »

Nous arrivâmes à la gare beaucoup trop tôt. Il y eut, dans la salle d'attente, une attente, ah! vraiment longue. C'est alors qu'assis auprès d'Angèle je crus devoir lui dire une gracieuseté :

« Amie – mon amie, – commençais-je; il y a dans votre sourire une douceur que je ne puis pas bien comprendre. Viendrait-elle de votre sensibilité?

– Je ne sais pas, répondit-elle.

– Douce Angèle! je ne vous avais jamais aussi bien appréciée qu'aujourd'hui. »

Je lui dis aussi : « Charmante amie, que les associations de vos pensées sont délicates! » et quelque chose encore que je ne peux pas me rappeler.

Chemin bordé d'aristoloches

Vers trois heures – a propos de rien,

commença de tomber une petite averse.

« Ce ne sera qu'un grain, dit Angèle.

— Pourquoi, lui dis-je — chère amie, par un ciel toujours incertain, n'avoir emporté qu'une ombrelle?

— C'est un en-tout-cas », me dit-elle

Pourtant, comme il pleuvait plus fort et que je crains l'humidité, nous rentrâmes nous abriter sous le toit du pressoir que nous avions à peine quitté.

Du haut des pins, lentement descendues, une à une, en file brune, l'on voyait les chenilles processionnaires — qu'au bas des pins, longuement attendues, boulottaient les gros calosomes.

« Je n'ai pas vu les calosomes! dit Angèle (car je lui montrai cette phrase).

— Moi non plus, chère Angèle, — ni les chenilles. — Du reste, ça n'est pas la saison; mais cette phrase, n'est-il pas vrai — rend excellemment l'impression de notre voyage...

« Il est assez heureux, après tout, que ce petit voyage ait raté — pouvant ainsi mieux vous instruire.

– Oh! pourquoi dites-vous cela? reprit Angèle.

– Mais chère amie – comprenez donc que le plaisir que nous peut procurer un voyage, n'est qu'accessoire. On voyage pour l'éducation... Eh quoi! – Vous pleurez, chère amie? ..

– Du tout! fit-elle.

– Allons! Tant pis. – Du moins vous êtes colorée. »

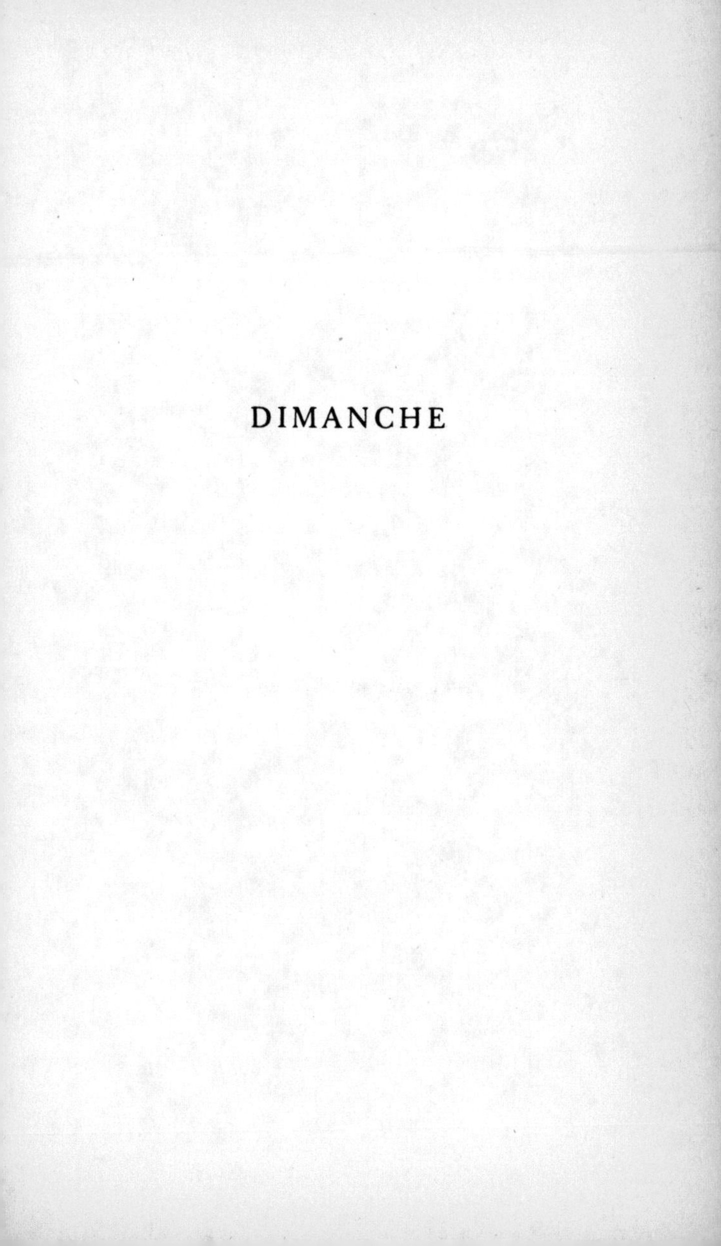

DIMANCHE

Sur l'agenda :

Dix heures : culte.

Visite à Richard.

Vers cinq heures aller visiter avec Hubert l'indigente famille Rosselange et le petit fouisseur Grabu.

Faire remarquer à Angèle combien j'ai la plaisanterie sérieuse.

Finir *Paludes*. – Gravité.

Il était neuf heures. De cette journée je sentis la solennité à ma recrudescente agonie. Je posai doucement ma tête sur ma main; j'écrivis :

« Toute la vie j'aurai tendu vers une un peu plus grande lumière. J'ai vu, ah! tout autour de moi, des tas d'êtres languir dans les pièces trop étroites; le soleil n'y pénétrait point; de grandes plaques décolorantes en amenaient vers midi des reflets. C'était l'heure où, dans les ruelles, on étouffait de la chaleur sans souffles; des rayons ne trouvant pas où se répandre concentraient entre les murailles une malsaine pâmoison. Ceux qui les avaient vues pensaient aux étendues, aux rayons sur l'écume des vagues et sur les céréales des plaines... »

Angèle entra :

Je m'écriai : « Vous! chère Angèle! »

Elle me dit : « Vous travaillez? Vous êtes triste, ce matin. Je l'ai senti. Je suis venue.

– Chère Angèle!... Mais – asseyez-vous. – Pourquoi serais-je plus triste ce matin?

– Oh! vous êtes triste, n'est-ce pas? – Et ce n'était pas vrai ce que vous me disiez hier... Vous ne pouvez vous réjouir de ce que n'ait pas été tel que nous le souhaitions notre voyage.

– Douce Angèle!... Je suis vraiment touché par vos paroles... Oui, je suis triste, chère amie; – j'ai vraiment ce matin l'âme bien désolée.

– Je viens la consoler, dit-elle.

– Comme nous retombons, ma chère! Tout est bien plus triste à présent. – Je comptais, je l'avoue, beaucoup sur ce voyage, je croyais qu'il allait donner à mon talent une direction nouvelle. C'est vous qui me le proposâtes, il est vrai, mais j'y pensais depuis bien des années. – Je sens mieux à présent tout ce que j'aurais voulu quitter, à voir tout ce que je retrouve.

– Peut-être, dit Angèle, que nous n'avons pas été assez loin. – Mais il fallait deux jours pour voir la mer, et nous voulions être rentrés dimanche pour le culte.

– Nous n'avions pas assez pensé, Angèle, à cette coïncidence; – et puis, jusqu'où nous fallait-il aller? Comme nous retom bons, chère Angèle! – Lorsqu'on y repense, à présent : comme il fut triste notre voyage! – le mot " aristoloche " exprime quelque chose de ça. – Vous souviendrez-vous bien longtemps de ce petit repas dans le pressoir humide, et comme, après, ne disant rien, nous frissonnâmes. – Restez – restez ici tout ce matin, ah! je vous prie. – Je sens que je vais sangloter tout à l'heure. Il me semble que je porte toujours

Paludes avec moi. – *Paludes* n'ennuiera personne autant que moi-même...

– Si vous le laissiez, me dit-elle.

– Angèle! Angèle, vous ne comprenez pas! Je le laisse ici; je le retrouve là; je le retrouve partout; la vue des autres m'en obsède et ce petit voyage ne m'en aura pas délivré. – Nous n'usons pas notre mélancolie, à refaire chaque jour nos hiers nous n'usons pas nos maladies, nous n'y usons rien que nous-mêmes, et perdons chaque jour de la force. – Quelles prolongations du passé! – J'ai peur de la mort, chère Angèle. – Ne pourrons-nous jamais poser rien hors du temps – que nous ne soyons pas obligés de refaire. – Quelque œuvre enfin qui n'ait plus besoin de nous pour durer. – Mais de tout ce que nous faisons, rien ne dure sitôt que nous ne l'entretenons plus. Et pourtant tous nos actes subsistent horriblement et pèsent. Ce qui pèse sur nous, c'est la nécessité de les refaire; il y a là quelque chose que je ne comprends plus bien. – Pardonnez – un instant... »

Et prenant un papier, j'écrivis : *Nous*

devons entretenir nos actions lorsqu'elles ne sont pas sincères.

Je repris : « Mais comprenez-vous, chère Angèle, que c'est cela qui fit rater notre voyage... Rien qu'on puisse laisser derrière soi, disant · " CELA EST. " De sorte que nous revînmes pour voir si tout y était encore. — Ah! misère de notre vie, n'aurons-nous donc rien fait faire aux autres! rien fait! que remorquer ainsi ces flottantes dérives... — Et nos relations, chère Angèle! sont-elles assez transitoires! C'est même ça qui nous permet, vous comprenez, de les continuer si longtemps.

— O! vous êtes injuste, dit-elle.

— Non, chère amie — non, ce n'est pas cela, — mais je tiens à vous faire constater l'impression de stérilité qui s'en dégage. »

Alors Angèle courba le front, et souriant un peu, par convenance :

« Ce soir, je resterai, dit-elle; — voulez-vous? »

Je m'écriai : « O! voyons, chère amie! — Si maintenant l'on ne peut plus vous parler de ces choses, sans que tout de suite .. — Avouez d'ailleurs que vous n'en avez pas grande envie; — puis vous êtes je vous assure, délicate, et c'est en pensant à vous que j'écrivais, vous en souvenez-vous, cette phrase : " *elle craignait la volupté comme une chose trop forte et qui l'eût peut-être tuée.* " Vous m'affirmiez que c'était exagéré... Non, chère amie, – non – nous pourrions en être gênés; – j'ai même fait à ce sujet quelques vers :

. . . .

Nous ne sommes pas,
Chère, de ceux-là
Par qui naissent les fils des hommes.

« (Le reste de la pièce est pathétique, mais trop long pour être cité maintenant.) – D'ailleurs, je ne suis pas bien robuste moi-même et c'est ce que j'ai tâché d'exprimer dans ces vers, dont vous vous souviendrez désormais (ils sont un peu exagérés) :

... Mais toi, le plus débile des êtres
Que peux-tu faire? Que veux-tu faire?
Est-ce que c'est ta passion
Qui va te donner de la force
Ou de rester à la maison
A te dorloter de la sorte?

pamper

« Et vous voyez bien à cela que j'avais envie de sortir... Il est vrai que j'ajoutais d'une façon encore plus triste — et, dirai-je même, découragée :

Si tu sors, ah! prends garde à quoi?
Si tu restes, le mal est pire.
La mort te suit — la mort est là
Qui t'emportera sans rien dire.

« ... La suite se rapporte à vous et n'est pas achevée. — Mais si vous y tenez... Invitez plutôt Barnabé!

— O! vous êtes cruel ce matin, dit Angèle; — elle ajouta : “ Il sent mauvais. ”

— Mais précisément, chère Angèle; les hommes forts sentent tous mauvais. — C'est ce que mon jeune ami Tancrède a tâché d'exprimer dans ces vers :

Les capitaines vainqueurs ont une odeur forte!

« (Je sais ce qui vous étonne : c'est la césure.) — Mais comme vous êtes colorée!... Et puis je tenais seulement à vous faire constater. - Ah! je voulais encore, délicate amie, vous faire remarquer combien j'ai la plaisanterie sérieuse... Angèle! je suis affreusement las! – je m'en vais bientôt sangloter... Mais, d'abord, laissez-moi vous dicter quelques phrases; vous écrivez plus vite que moi; – puis je marche en parlant; cela m'aide. Voici le crayon, le papier. Ah! douce amie! que vous fîtes bien de venir! – Écrivez, écrivez en hâte; d'ailleurs c'est à propos de notre pauvre voyage :

« ... Il y a des gens qui sont dehors tout de suite. La nature frappe à leur porte : elle ouvre sur l'immense plaine, où, sitôt qu'ils sont descendus, s'oublie et se perd leur demeure. Ils la retrouvent au soir, quand ils en ont besoin pour dormir; ils la retrouvent aisément. Ils pourraient, s'ils voulaient, s'endormir à la belle étoile, laisser leur maison tout un jour, – l'oublier même pour longtemps. – Si vous trouvez cela naturel, c'est que vous ne me comprenez pas bien. Étonnez-vous plus de ces choses... Je vous assure que, quant à nous, si nous envions ces habitants si libres, c'est parce que, chaque fois que nous avons bâti dans la peine quelque toit pour nous abriter, ce toit nous a suivis, s'est placé dès lors sur nos têtes; nous a préservés de la pluie, il est vrai, mais nous a caché le soleil. Nous avons dormi à son ombre; nous avons travaillé, dansé, baisé, pensé à son ombre; – parfois, tant la splendeur de l'aurore était grande, nous avons cru pouvoir nous échapper au matin; nous avons voulu l'oublier; nous nous sommes glissés, comme des voleurs sous du chaume, non pour entrer, nous, mais pour sortir – subrepticement – et nous avons couru vers la plaine. Et le toit courait après nous. Il bondissait à la façon de cette cloche des légendes après ceux qui tentaient d'échapper au culte. Nous ne cessions d'en sentir le poids sur nos têtes. Nous en avions, pour le faire, porté déjà tous les matériaux; nous jaugions le poids de l'ensemble. Il courbait notre front, il voûtait nos épaules, – comme faisait à Sindbad tout le poids du Vieillard de la Mer. – On n'y prend pas garde d'abord; puis, c'est horrible; cela s'attache à nous par la seule vertu du poids. On ne s'en débarrasse pas. Il faut porter jusqu'à la fin toutes les idées qu'on soulève...

– Ah! dit Angèle, malheureux – malheureux ami – pourquoi commençâtes-vous *Paludes?* – quand il est tant d'autres sujets – et même de plus poétiques.

– Précisément, Angèle! Écrivez! Écrivez! – (Mon Dieu! vais-je enfin pouvoir être sincère aujourd'hui?)

« Je ne comprends plus du tout ce que vous voulez dire avec votre plus ou moins grande poésie. – Toutes les angoisses d'un poitrinaire dans une chambre trop petite, d'un mineur qui veut remonter vers le jour, et du pêcheur de perles qui sent peser sur lui tout le poids des sombres ondes de la mer! toute l'oppression de Plaute ou de Samson tournant la meule, de Sisyphe roulant le rocher; tout l'étouffement d'un peuple en esclavage – entre autres peines, celles-là, toutes, je les ai toutes connues.

– Vous dictez trop vite, dit Angèle. – Je ne peux pas vous suivre...

– Alors tant pis! – n'écrivez plus; – écoutez, Angèle! Écoutez – car mon âme est désespérée. Que de fois, que de fois j'ai fait ce geste, comme en un cauchemar affreux où j'imaginais le ciel de mon lit détaché, tomber, m'envelopper, peser sur ma poitrine – et presque debout, lorsque je me réveillais – pour repousser de moi, à bras tendus, quelques parois invisibles – ce geste d'écarter quelqu'un dont je sentais trop près de moi l'impure haleine – de retenir à bras tendus des murs qui toujours se rapprochent, ou dont la pesante fragilité branle et chancelle au-dessus de nos têtes; ce geste aussi, de rejeter des vêtements trop lourds, des manteaux, de dessus nos épaules. Que de fois, cherchant un peu d'air, suffocant, j'ai connu le geste d'ouvrir des fenêtres – et je me suis arrêté, sans espoir, parce qu'une fois, les ayant ouvertes...

– Vous aviez pris froid? dit Angèle.

– ... Parce qu'une fois, les ayant ouvertes, j'ai vu qu'elles donnaient sur des cours – ou sur d'autres salles voûtées – sur des cours misérables, sans soleil et sans air – et qu'alors, ayant vu cela, par détresse, je criai de toutes mes forces : Seigneur! Seigneur! nous sommes terriblement enfermés! – et que ma voix me revint tout entière de la voûte. – Angèle! Angèle! que ferons-nous à présent? Tenterons-nous encore de soulever ces oppressants suaires — ou nous accoutumerons-nous à ne plus respirer qu'à peine — à prolonger ainsi notre vie dans cette tombe?

— Nous n'avons jamais vécu plus, dit Angèle. Peut-on, dites-moi vraiment, vivre plus? Où prîtes-vous le sentiment d'une plus grande exubérance? Qui vous a dit que cela soit possible? — Hubert? — Vit-il plus parce qu'il s'agite?

— Angèle! Angèle! voyez comme je sanglote à présent! Auriez-vous donc un peu compris mon angoisse? En votre sourire aurais-je mis peut-être enfin quelque amertume? — Eh! quoi! vous pleurez maintenant. — C'est bien! Je suis heureux! J'agis! — Je m'en vais terminer *Paludes!* »

Angèle pleurait, pleurait et ses longs cheveux se défirent.

Ce fut alors que Hubert entra. En nous voyant échevelés : « Pardon! — je vous dérange », dit-il, en faisant mine de ressortir.

Cette discrétion me toucha beaucoup; de sorte que je m'écriai :

« Entre! Entre, cher Hubert! On ne nous

dérange jamais! – puis tristement j'ajoutai : – N'est-ce pas, Angèle? »

Elle répondit : « Non, nous causions.

– Je ne venais qu'en passant, dit Hubert – et pour quelques mots seulement. – Je pars pour Biskra dans deux jours; – j'ai décidé Roland à m'y accompagner. »

Brusquement je m'indignai :

« Outrecuidant Hubert – c'est moi, moi qui l'y ai décidé. Nous sortions de chez Abel tous deux – je me souviens – quand je lui dis qu'il devrait faire ce voyage. »

Hubert éclata de rire; il dit :

« Toi? mais mon pauvre ami, réfléchis un peu que tu en as eu assez pour être allé jusqu'à Montmorency! comment peux-tu prétendre?... Au reste il se peut bien que ce soit toi qui en aies parlé le premier; mais à quoi ça sert-il, je te prie, de mettre des idées dans la tête des gens? penses-tu que ce soit là ce qui les fasse agir? Et même laisse-moi t'avouer ici que tu manques étrangement de force impulsive... Tu ne peux donner aux autres que ce que tu as. – Enfin, veux-tu venir avec nous?... – non? Eh bien! alors?... Donc, chère Angèle, adieu – je repasserai vous voir. »

Il sortit.

« Vous le voyez, benoîte Angèle – dis-je – je reste auprès de vous;... mais ne croyez pas que ce soit par amour...

– O non! je sais... répondit-elle.

– ... Mais, Angèle, voyez! m'écriai-je avec un peu d'espoir : onze heures presque! Oh! comme l'heure du culte est passée! »

Alors, en soupirant, elle dit :

« Nous irons à celui de quatre heures. »

Et tout retomba de nouveau.

Angèle eut à sortir.

– Regardant par hasard l'agenda j'y vis l'indication de la visite aux pauvres, je m'élançai vers le bureau de poste et télégraphiai :

« Oh! Hubert! – et les pauvres! »

Puis rentré j'attendis la réponse en relisant le Petit Carême.

– A deux heures je reçus la dépêche. – On lisait : « Merde, lettre suit. »

– Alors m'envahit plus complètement la tristesse.

– Car, si Hubert s'en va, gémis-je – qui viendra me voir à six heures? *Paludes* terminé, Dieu sait ce que je m'en vais pouvoir faire. – Je sais que ni les vers ni les drames... je ne les réussis pas bien – et mes principes esthétiques s'opposent à concevoir un roman. – J'avais pensé déjà à reprendre mon ancien sujet de POLDERS – qui continuerait bien *Paludes,* et ne me contredirait pas...

A trois heures, un exprès m'apporta la lettre de Hubert; on y lisait : « Je remets à tes soins mes cinq familles indigentes; un papier qui viendra te donnera leurs noms et les indications suffisantes; – pour les autres diverses affaires, je les confie à Richard et à son beau-frère, car toi tu n'y connaîtrais rien. Adieu – je t'écrirai de là-bas. »

– Alors je rouvris mon agenda et sur la feuille du lundi, j'écrivis : « Tâcher de se lever à six heures. »

... A trois heures et demie, j'allai prendre Angèle; – nous allâmes ensemble au culte de l'Oratoire.

A cinq heures – j'allai voir mes pauvres. – Puis, le temps rafraîchissant, je rentrai – je fermai mes fenêtres et me mis à écrire...

A six heures, entra mon grand ami Gaspard.

Il revenait de l'escrime. Il dit :

« Tiens! Tu travailles? »

Je répondis : « J'écris *Polders*... »

. . . .

ENVOI

Oh! que le jour eut donc de peine
Ce matin à laver la plaine.

Nous vous avons joué de la flûte
Vous ne nous avez pas écouté.

Nous avons chanté
Vous n'avez pas dansé

Et quand nous avons bien voulu danser
Plus personne ne jouait de la flûte.

Aussi depuis notre infortune
Moi je préfère la bonne lune

Elle fait se désoler les chiens
Et chanter les crapauds musiciens.

Au fond des étangs bénévoles
Elle se répand sans paroles;

Sa tiède nudité
Saigne à perpétuité.

Nous avons guidé sans houlettes
Les troupeaux vers nos maisonnettes.

Mais les moutons voulaient qu'on les mène
[à des fêtes
Et nous aurons été d'inutiles prophètes.

Eux mènent comme à l'abreuvoir
Les troupeaux blancs à l'abattoir.

Nous avons bâti sur le sable
Des cathédrales périssables.

ALTERNATIVE

– Ou d'aller encore une fois, ô forêt pleine de mystère, – jusqu'à ce lieu que je connais, où, dans une eau morte et brunie, trempent et s'amollissent encore les feuilles des ans passés, les feuilles des printemps adorables.

C'est là que se reposent le mieux mes résolutions inutiles, et que se réduit à la fin, à peu de chose, ma pensée.

TABLE DES PHRASES
LES PLUS REMARQUABLES
DE *PALUDES*

Page 15. — *Il dit : « Tiens! Tu travailles? »*

Page 137. — *Il faut porter jusqu'à la fin toutes les idées qu'on soulève.*

Page * . . . .

. . . .

* Pour respecter l'idiosyncrasie de chacun, nous laissons à chaque lecteur le soin de remplir cette feuille.

DU MÊME AUTEUR

Aux Éditions Gallimard

Poésie.

LES CAHIERS ET LES POÉSIES D'ANDRÉ WALTER (Poésie-Gallimard).

LES NOURRITURES TERRESTRES – LES NOUVELLES NOURRITURES (Folio *n° 117*).

AMYNTAS (Folio *n° 2581*)

Soties.

LES CAVES DU VATICAN (Folio *n° 34*).

LE PROMÉTHÉE MAL ENCHAÎNÉ.

PALUDES (Folio *n° 436*).

Récits.

ISABELLE (Folio *n° 144*).

LA SYMPHONIE PASTORALE (Folio *n° 18*/Folio Plus *n°34*).

L'ÉCOLE DES FEMMES, *suivi de* ROBERT et de GENEVIÈVE (Folio *n° 339*).

THÉSÉE (Folio *n° 1334*).

Roman.

LES FAUX-MONNAYEURS (Folio *n° 879*).

Divers.

LE VOYAGE D'URIEN.

LE RETOUR DE L'ENFANT PRODIGUE (*avec* LE TRAITÉ DU NARCISSE, LA TENTATIVE AMOUREUSE, EL HADJ, PHILOCTÈTE, BETHSABÉ : Folio *n° 1044*).

SI LE GRAIN NE MEURT (Folio *nº 875*)

VOYAGE AU CONGO (*avec* LE RETOUR DU TCHAD · Folio *nº 2731*).

LE RETOUR DU TCHAD.

MORCEAUX CHOISIS.

CORYDON (Folio *nº 2235*).

INCIDENCES.

DIVERS.

JOURNAL DES FAUX-MONNAYEURS (L'Imaginaire *nº 331*).

RETOUR DE L'U.R.S.S..

RETOUCHES À MON RETOUR DE L'U.R.S.S..

PAGES DE JOURNAL 1929-1932.

NOUVELLES PAGES DE JOURNAL 1932-1935.

DÉCOUVRONS HENRI MICHAUX.

JOURNAL 1939-1942.

JOURNAL 1942-1949.

INTERVIEWS IMAGINAIRES.

AINSI SOIT-IL *ou* LES JEUX SONT FAITS (L'Imaginaire *nº 430*).

LITTÉRATURE ENGAGÉE (*Textes réunis et présentés par Yvonne Davet*).

ŒUVRES COMPLÈTES (*15 volumes*).

DOSTOÏEVSKI.

NE JUGEZ PAS (SOUVENIRS DE LA COUR D'ASSISES – L'AFFAIRE REDUREAU – LA SÉQUESTRÉE DE POITIERS).

LA SÉQUESTRÉE DE POITIERS - L'AFFAIRE REDUREAU (Folio *nº 977*).

Théâtre.

THÉÂTRE (SAÜL – LE ROI CANDAULE – ŒDIPE – PERSÉPHONE, LE TREIZIÈME ARBRE).

LES CAVES DU VATICAN. *Farce d'après la sotie de l'auteur.*

LE PROCÈS (*en collaboration avec J.-L. Barrault, d'après le roman de Kafka*).

Correspondance.

CORRESPONDANCE AVEC FRANCIS JAMMES (1893-1938). *Préface et notes de Robert Mallet.*

CORRESPONDANCE AVEC PAUL CLAUDEL (1899-1926). *Préface et notes de Robert Mallet.*

CORRESPONDANCE AVEC PAUL VALÉRY (1890-1942). *Préface et notes de Robert Mallet.*

CORRESPONDANCE AVEC ANDRÉ SUARÈS (1908-1920). *Préface et notes de Sidney B. Braun.*

CORRESPONDANCE AVEC FRANÇOIS MAURIAC (1912-1950). *Introduction et notes de Jacqueline Morton.*

CORRESPONDANCE AVEC ROGER MARTIN DU GARD, I (1913-1934) et II (1935-1951). *Introduction par Jean Delay.*

CORRESPONDANCE AVEC HENRI GHÉON (1897-1944), I et II. *Édition de Jean Tipy; introduction et notes de Anne-Marie Moulènes et Jean Tipy.*

CORRESPONDANCE AVEC JACQUES-ÉMILE BLANCHE (1892-1939). *Présentation et notes par Georges-Paul Collet.*

CORRESPONDANCE AVEC DOROTHY BUSSY. *Édition de Jean Lambert et notes de Richard Tedeschi.*

I. Juin 1918-décembre 1924.

II. Janvier 1925-novembre 1936.

III. Janvier 1937-janvier 1951.

CORRESPONDANCE AVEC JACQUES COPEAU. *Édition établie et annotée par Jean Claude. Introduction de Claude Sicard.*

I. Décembre 1902-mars 1913.

II. Mars 1913-octobre 1949.

CORRESPONDANCE AVEC JEAN SCHLUMBERGER (1901-1950). *Édition établie par Pascal Mercier et Peter Fawcett.*

CORRESPONDANCE AVEC SA MÈRE (1880-1895). *Édition de Claude Martin, préface d'Henri Thomas.*

CORRESPONDANCE AVEC VALERY LARBAUD (1905-1938). *Édition et introduction de Françoise Lioure.*

CORRESPONDANCE AVEC JACQUES RIVIÈRE (1909-1925). *Édition établie, présentée et annotée par Pierre Gaulmyn et Alain Rivière.*

CORRESPONDANCE AVEC ÉLIE ALLÉGRET(1886-1896), L'ENFANCE DE L'ART. *Édition établie, présentée et annotée par Daniel Durosay.*

CORRESPONDANCE AVEC JEAN PAULHAN (1918-1951). *Édition de Frédéric Grover et Pierrette Schartenberg-Winter. Préface de Dominique Aury.*

Dans la « Bibliothèque de la Pléiade »

JOURNAL, I (1887-1925). *Nouvelle édition établie, présentée et annotée par Éric Marty (1996).*

JOURNAL, II (1926-1950). *Nouvelle édition établie, présentée et annotée par Martine Sagaert (1997).*

ANTHOLOGIE DE LA POÉSIE FRANÇAISE.

ROMANS, RÉCITS ET SOTIES – ŒUVRES LYRIQUES. *Introduction de Maurice Nadeau, notices par Jean-Jacques Thierry et Yvonne Davet.*

ESSAIS CRITIQUES. *Édition présentée, établie et annotée par Pierre Masson.*

Chez d'autres éditeurs

ESSAI SUR MONTAIGNE.

NUMQUID ET TU ?

L'IMMORALISTE (Folio *n°* 229).

LA PORTE ÉTROITE (Folio *n° 210*).
PRÉTEXTES.
NOUVEAUX PRÉTEXTES.
OSCAR WILDE (IN MEMORIAM – DE PROFUNDIS).
UN ESPRIT NON PRÉVENU.
FEUILLETS D'AUTOMNE (Folio *n° 1245*).

Cet ouvrage a été composé
par l'imprimerie Floch
et achevé d'imprimer par la
Société Nouvelle Firmin-Didot
à Mesnil-sur-l'Estrée le 2 septembre 2003.
Dépôt légal : septembre 2003.
1er dépôt légal : septembre 1973.
Numéro d'imprimeur : 65229.

ISBN 2-07-036436-4/Imprimé en France.

126933